草迷宮

KUSA MEIKYU

泉鏡花

譯 高詹燦

目次

序

前方沼澤立著一條蛇，
八幡富豪的么女時而佇立、時而玩耍。
手持兩顆寶珠，腳履黃金鞋，
時而高聲呼，時而低聲喚，
一路朝山林野徑而去……

一

三浦的「大崩壞」岸壁，人稱「魔所」。

像屏風一樣，將葉山一帶的海岸區隔開來的櫻山山麓，猶如一頭陌生的野獸，縱身躍入太平洋。而另一方面，在長者園的海濱，從逗子到森戶、葉山一帶，每到夏季海水浴開放的時節，這一帶常會鬧出人命。

某個夏天，在炎熱的酷暑下，彷彿連白雲的頂端也會像燃燒的冰霰般微微燒焦，發出啪嚓啪嚓的聲響，就此化為火粉掉落的熾熱午後，一群赤裸的男女，彷彿即將湧向陸地，化身為人，他們交雜浮泛於波濤間，這時，那宛如金銀銅鐵融成純白色的天空，可能某處出現了裂痕，傳來破鐘般的聲音喊道「游泳的人，快回去」。

在這聲詛咒下，浮在水面上的人沉入水下，四周冒出白色氣泡。

一名年約十七的少年，因罹患胸膜炎而前來此地休養，他很在意自己的身體，甚至自行研究病理學，調配出〇〇等藥物，早晚不忘用體溫計量體溫，三餐也都會掌控分量。但在秋日的某個日暮時分，他高高地捲起衣服下襬，露出蒼白瘦弱的小腿，打著赤腳，小步伐橫向走在空無一人的海灘上，像每日的例行功課般做著運動，似乎有滿腹的不平，以高傲的態度朝大海猛咂嘴。

「啊！無聊透了。」

他如此低語，這時，從頭頂的山崖中傳來一陣怪聲喚道：「要孝順啊——」

這位少年就此病重。

因為這個緣故，傳出那裡是魔所的傳聞，近來更是甚囂塵上，地方人士若看到有人爬上大崩壞，農民會立起鋤頭，船夫會站上船頭，高喊「危險，快下來」。

事實上，就算這裡不是魔所，大崩壞頂端呈船隻翻覆的形狀，就算跨坐其上，也無可供踩踏之處。立於山脊上的岩石狹長尖銳，站在上頭，不論從腳跟或腳尖，都能看到宛如中央被削去般的凹陷斷崖，感覺彷彿會因山麓打來的白浪而搖晃墜落。

而大崩壞另一邊的長者園海濱，海灣的浪潮寧靜地在眼前推展開來，不斷傳來雞群悠哉的振翅聲，但隔著這塊聳立的岩石，另一邊卻是太平洋的大浪，以宛如牛隻的低吼聲，緩慢且洪亮地發出「嗚……噢……」的呼號，一道道大浪打向三崎幹道的外圍海濱。

光是眼睛微微由右往左移便會發現，這與開滿燕子花的八橋以及月下的武藏野一樣，景致變換迅速，海灣裡才剛有宛如海鷗般的白色帆船駛過，緊接著便又有一艘吐著黑煙的巨龍從海灣疾駛而過。

光這樣就已令人眼花繚亂，而腳下還踩著岩石，就像要走過劍刃般。我緊抱著懷中的松樹樹枝，將大海隔成兩邊，承受各種浪潮的聲響，只要有人抱住它，樹根就會搖晃，一路上風吹不止，爬上此地的喘息尚未平息，身上的汗已轉涼。

儘管如此，卻不會因為這樣而有損眼前的美景。大崩壞的岩壁，春夏秋冬各呈現紫綠紅黃之色，分別是紫藤交錯、常春藤攀附、牽牛花綻放、龍膽盛開，此外，當芒草隨風擺蕩，還會有月光灑落其上。看啊，岩石踩過藏青色的波浪，朝那宛如水天一線的大島山飛去。那就像某位巨匠持鑿精雕而成，宛如一尊青銅獅。披覆其上的美麗花衣，就像是用以讚揚其威儀的牡丹花裝飾。而湧向底部，像珠玉般碎裂的海潮，因太陽而閃耀金光，因月亮而閃耀銀光，看起來像時而發怒，時而殺伐，自由豪放的利爪。

二

這是修行中的小次郎法師在諸國行腳的途旅中，行經相模國的三崎，從秋谷海岸路過時發生的事。

在離太平洋約一町[1]遠的幹道旁，有家披著葦簾的小茶店（就蓋在白浪打向斷崖下的地方），前方可遠眺那座大崩壞朝海面挺出，模樣像獅王腹部的岩石，就像透過竹簾描繪出江之島和富士美景般。法師在這家茶店歇息，店裡的老婆婆以長嘴的鍍錫水壺給他倒了一杯濃茶，以一個年代久遠，宛如離神武天皇隔沒幾代的箱根細工白木托盤，裝著幾欲滿出的茶碗，端至法師面前。

1 町為日本古代長度單位，一町約一〇九公尺。

由於椅凳的所在處空間狹窄，在倒茶時，從茶壺嘴冒出的熱氣隨著濃煙飄向法師胸前，但它在涼風的吹拂下，只像是蒙上一層冰冷的濃霧。法師僧袍的衣袖受葦簾摩擦，翻向外頭的小松樹。

法師因為感到舒暢，記載一路上里程的名古屋扇完全沒空打開，始終都闔著扇子，而從肩上取下的兩個綁著白色木棉布繩結的小行李，也順勢往前推。

「那我就不客氣了。」他喝了一大口茶。

「啊！好喝，這茶真不錯。」法師莞爾一笑。「既然這茶好喝，感覺那東西似乎也很可口。請給我兩、三個吧。」

「好的，您是說這丸子，是嗎？這是鄉下人作的東西，嘗起來不太甜，不過，不論是外皮還是內餡，都完全只用碎米和紅豆製成，絕無摻混。」

老婆婆晃動著她頭上那小小的圓髻，替他取丸子，整齊地擺在托盤上。法師將扇子擺在椅凳上，手裡端著那碗濃茶，正準備拿起一顆丸子。

「嘻嘻嘻！」突然響起一個怪聲，猶如聲音渾濁的蟬鳴。

在法師走進的門口對面，靠近大崩壞方向的椅凳邊，一名男子從剛剛就一直站在竹柱旁——此人身穿一件骯髒又粗糙的手織橫紋棉質單衣，敞開胸膛，繫著鬆垮的腰帶，一條顏色像紅燒般的手巾圍成一個圓圈，套在脖子上，留著一頭覆蓋耳朵的長髮，膚色黝黑，體格精壯，身材高大。雖然他目光炯炯，卻始終張著嘴，厚實的下唇垂落，朝這家沒什麼值得一看的茶店內東張西望——現在時間是下午兩點多，正是農民和船夫工作忙碌的時刻，土木工人也正忙著幹活，看他這個樣子，肯定是這一帶遊手好閒的懶人。——小次郎法師就只是心裡這麼想，倒也沒特別放在心上，但那突如其來的笑聲令他嚇了一跳，他來回望著男子的臉以及托盤上的丸子。

「老婆婆，妳可別開我玩笑啊。看不出來妳這麼不正經。」

「這話什麼意思？」

「哎呀，我看這丸子是用泥巴或黏土作成的吧？」

「沒有的事，您可不能亂說啊。」

老婆婆神情轉為嚴肅，額頭擠出多道抬頭紋。

「瞧您說得那麼可怕。我也都會膜拜法然上人[2]。明明是沒用的東西，但只要能拿來賺錢，不惜拿來給出家的僧人吃，這種事我怎麼可能做得出來？」

經她這番坦率的解釋，小次郎法師微感內疚。

「哎呀，妳拿我那番話當真，這可教我不知如何是好啊。因為這涼爽的天氣，恢復了些元氣，我說那番話，有一半是開玩笑，至於另外一半，則是因為旅途中遭遇了許多事。事實上，據說駿州的阿部川餅，便是以木頭作出幾可亂真的餅，擺在托盤上，用來向人展示。剛才我正準備吃的時候，那個人看了……」

法師轉頭望向男子，發現他一臉茫然地抬頭望，天空連隻烏鴉也沒有，也不知道他在想什麼，就只是一直頻頻仰望天空。

「那人看了，突然笑了起來，所以我才心想：『哈哈，這丸子難道也是誤拿成了展示品嗎？』」

「對、對，這位客官，事情是這樣的。」

老婆婆朝她那乾淨的圍兜膝蓋處拍了拍，走近悄聲說道：

「這個人其實是個瘋子。沒錯。」

老婆婆如此說道，自顧自地點頭。經詢問後，她似乎願意說明此事的原委。

2 淨土宗的開山祖師。

三

男子就像要從茶屋的屋簷朝天空吹出蝙蝠般，一直仰著頭，小次郎法師斜眼望著男子。

「這樣啊，原來是瘋子。我原本還以為他是啞巴。可惜了一個儀表堂堂的年輕人，真教人同情。」

「客官，這也算是他自作自受啊。」

老婆婆一副對罪過與報應通透曉悟，看透一切的口吻。

「他可能是被什麼給附身了。或是生活上有什麼掛心的事吧。」

法師話說到一半，再度朝濃茶咂嘴，將圓形的茶點送往嘴邊，這時，那名男子就像有千里眼似地，原本明明望向不知名的方向，此時卻又馬上回首瞪視那塊茶點。

「喂，你是在啃石頭。」

小次郎再次大吃一驚。

「老婆婆，妳聽他說的。」

「真是個臭小鬼。嘉吉，你滾一邊去。」

老婆婆沒理會嘉吉，反而是面朝沙地上的朦朧黑影，像在訓斥般說道。

海面上仍波光粼粼，但這時天空已覆滿薄雲。

法師也垂眼望向男子因此而變暗的影子。

「我分一個給他吧。也許他是想吃丸子，如果真是這樣，那他這份執著實在可怕。要是真變成石頭，那可就麻煩了。」

「他在食欲方面還沒瘋，您不必擔心。」

「這個男人會說到『石頭』，表示他還記得一些平日的事，他知道我都會向客人獻上餐點，所以才會那樣說吧。

「所以客官，請不要再說『這是黏土作成的丸子』。」

老婆婆雙手捧起法師摘下立在一旁的檜笠，重新放在他的行李上，同時以眼神示意，要他望向葦簾外。

她的視線前方，是形狀宛如粗線條削刻而成的仁王像扭抱在一起的岩石，一路相連，踏在海面上聳立，中間隔著一叢倒著生長的竹林，而同樣用岩石構成的六片屏風，在月光照耀下浮現青色的樣貌——隱約也能看見松樹，各種波浪緊緊相連而成的盔甲衣袖，高高舉起阻擋飛沫。

「您路過此地時，沒看到那個嗎？」

老婆婆轉身背對，微微彎著腰，以火筷翻動陶爐裡的木炭，水壺底部穩穩擺在上頭。

「不管怎樣，那應該都和您無關，不過，與大崩壞的前端對峙，往外挺出的那座岩石，您沒看到嗎？」

老婆婆仍彎著腰，一手扶腰，緩緩伸直身子，喚了聲「嗨咻」，伸手指向前方。

「就是那個。」

仔細一看，浪潮湧來，宛如風鈴碎裂般，零散地打向那座岩石的邊緣。

「那塊岩石人稱產子石，會不知從何處產下外形渾圓，略顯扁平的石頭，小者如濱螺、圍棋子、供餅般大小，至於大者，光一個人還抬不動。

「那扁平處正好可以擺放物品，若以石頭兩相交疊，作為佛像，供奉在神龕加以祭拜，據說沒有孩子的人在那一年內馬上便會有身孕。

「很多人都向產子石祈願，最近人多得有點擁擠。客官您不知道，有人連草蓆的壓石也拿走，甚至還有兩人合力搬運，要帶回去當醃蘿蔔的壓石，所以就算現在想要，也不是馬上就能找到。

「有人千里迢迢特地前來撿石頭，就此大失所望，所以我才在這附近開店，看準早晚潮汐的時間，先前往撿拾石頭，然後送給客人當伴手禮。此事不知不覺間就此傳開，一位從葉山一帶前來遊玩的書生還向我開玩笑說『老婆婆，我不要孩子，但請給我娘吧』。

「嘉吉這個瘋子見多了這樣的場面，就這樣記在腦中，看您正準備吃我給您呈上的東西，竟然就說出『那是石頭』這樣的話來。」

四

「這麼說來，老婆婆，妳可算是頤養天年呢。想必兒孫成群吧。」

小次郎法師聽她如此訴說，望向產子石，這浪潮當真有趣，就連老婆婆說的故事，也聽得心不在焉。

老婆婆正好說了一句「我來幫您倒茶吧」，將塗漆的托盤蓋在膝蓋上，這時她突然沉默不語，神情落寞地垂首。

「客官，我都這把年紀了，還是連孫子的影子都沒見著。就我和老頭子兩人相依為命，雨天的落寞、暗夜孤燈的清冷，都教人備感不安和空虛，所以我能深切體會這群渴望子嗣的人們內心的感受，這才向神佛祈禱，以產子石相贈。

「由於已有很長一段歲月，鄉里的人們都說『我們就是因為把種送人，自己才會無後』，但現在來看，這才是我真心所願，至少心中的遺憾得以排解。」

雖然聽起來像是牢騷的口吻，但她和善的臉龐完全沒皺眉，還溫順地莞爾一笑。

「如果您已娶妻，我也送一顆產子石給您吧……」

「這怎麼行。這丸子要是變成石頭的話，我或許會想就此在這村裡宣揚佛法，但很不巧，縱觀三界，皆無我安身之所。

「不過，聽妳剛才所言，妳想必很寂寞吧。」

「是的。在法師面前說這話，感覺像在逢迎，但我佛的庇佑真的很令我感念。有這麼多人肯到我這麼一位不討喜的老太婆店裡歇息，我能為他們奉上熱茶，熱熱鬧鬧地閒話家常，這樣就能悠哉地過日子了。

「啊，客官。」

老婆婆突然朝幹道喚道：

「到店裡歇會兒吧。」

仔細一看，是一位年約三十的女子，握著手巾的手，高舉著一把醒目的洋傘，大小猶如車輪，上頭的紅白條紋好似夏蝶，揮動著翅膀，飛過那河流隱匿於草叢間，在清水後方的黃土上閃耀光影的山麓。女子足履草鞋，搭配白色的布質綁腿，身上的小碎花單衣捲起衣袖。

跟在她身後的男子，往後斜戴著莎草編成的帽子，穿著條紋襯衫的上身完全裸露，腰帶裡插著紅色圓扇，手和腳都嚴實地戴著護具，一路扛著行李，想必是她丈夫。

聽聞老婆婆從店內的叫喚，女子微微點頭致意，她的秀髮綁成一束，髮鬢隨風飄揚。可能是忙著趕路，就此路過不停。

瘋子嘉吉就像懸吊在屋簷下似地，從他那綻開的衣服腋下，瞪大眼睛望向女子那規矩地繫著前結腰帶[3]的柳腰。

嘉吉搖搖晃晃地離開葦簾，打著赤腳快步走在砂石路上，朝已經走了六、七間[4]遠的女子追去。

他揚起黃色的塵埃，靠向對方，緊貼著不放，整個人壓在女子的洋傘上，猶如見越入道[5]一般。

中。

「嘻嘻嘻。」

「喂，別惡作劇。」

老婆婆墊起腳尖加以警告的聲音，以及笑聲，幾乎同時傳進小次郎法師耳

而在此同時，那位丈夫可能是嚇了一跳，竟高聲喊道：

「修傘、修洋傘！——更換傘面和修理……」

這聲音貫穿蟬鳴，在空無一人的四周響起。

緊接著，他將這個怪異的男子推開，與他妻子保持距離，將行李甩往中央，

斜眼瞪了男子一眼，快步離去，男子則在地上留下長長的影子，緩步跟在後頭。

「您瞧。他就是那副德行，真教人傷腦筋。」

3 在前方打結的腰帶，江戶時代的已婚女性多採這種腰帶繫法。

4 六、七間約十二、三公尺遠。

5 日本傳說中的妖怪。人們走在路上時，他會以僧人的姿態現身，然後身體逐漸變大，從上方俯視，接著把路人的頭咬斷。

法師也不發一語地目送他們遠去，這時，可能是來自外海，原本已經中斷，這時又重重打向崖邊的浪潮聲，三度與松濤交互傳向前方的山頭。那紅白色條紋的洋傘逐漸遠去，宛如化為小巧的鞠球，與人頭混雜在一起，朝天空挺出，他們緩緩走在前方大崩壞底下的直路上，一路上連一間茅屋也沒有。

五

「喏，眾人都消在大崩壞的那座斷崖後面，看不見了。

「正好就在走出那裡的下方海濱處。剛才那個瘋子喝醉酒，倒臥在那兒……對，他叫嘉吉，是我們秋谷這地方的一名遊手好閒之輩。

「他嗜酒如命，又生性懶惰，一般正經人看了，都會覺得他是真的腦袋不正常，不過他其實和一般人一樣，過年會想慶祝，盂蘭盆節會覺得忙碌，不算是什麼瘋子。只不過，他就像村子天天都在舉辦慶典似地，只顧玩樂，這點確實不正常。不過今年春天那時候，他不知是下了什麼決心，竟然自願要到三浦三崎的一家酒鋪去當伙計。

而就在今年初夏，在店主的吩咐下，其實也不多，就只搬了三桶清酒上船，派船老大一人和嘉吉一起搭船，送貨到葉山的零售店。

「這時，從三崎方向欲返回葉山、森戶的這一帶農民、漁夫、彼此認識的人們，在半路上喊著『載我們一程吧，反正船上也是空著』，這些人不是在渡船處，也不是在碼頭叫喚，而是在海邊的岩石上，或是岩岸的松樹旁，以地方的鄉音吆喝著『喂！喂！』，最後五個人就這樣強行登船，船上就此一次載了七個人。

「他們全不是什麼好東西，那模樣就像是終於等到這個好機會。船一路行駛，人多話也多，一路上風平浪靜，眾人聊得熱絡，最後也累了，嘉吉這傢伙以船身中央的橫木當枕，仰頭而睡，高聲打起呼來。

「船走的並非什麼險峻航線，而且酒桶裡的酒香四溢，再加上無風無浪，似乎連章魚都可能浮出水面。這時有人開玩笑道『真希望能醉在船上』，接著有人應道『如何，就拿一桶酒來賭吧。每個人都能自行暢飲，之後再以賭局定輸贏，以此支付酒錢』、『有意思，那就這麼辦吧』。

「這群人就算用菸管的菸嘴，也能輕鬆在酒桶上鑿出洞來，他們毫不避諱地切出一道開口後說道：『船老大，有沒有空的便當盒？』就此接過一個變形的木盒，用海水大致沖洗後，以手指抹去木盒表面殘留的醬油，就這樣眾人輪流喝了起來。

「接著他們肆無忌憚地解開錢包的繫繩，解下錢腰帶，開始聚賭，這時，船老大沒再保持沉默。」

「他出言訓斥，加以阻止，是嗎？不愧是船老大，畢竟是那艘船的老大。」

老婆婆一本正經地聽法師說，接著以無比憐憫的神情說道「原來如此，確實很像是這麼年輕就出家的人。您人真好。的確，船老大的意思，就是那艘船的老大。正因為是船老大，該做的事都會做好，不會有錯。」

「怎麼了嗎？」

「那五個人像骰子的點數一樣排列，他擠進中央，先把船帆降下。」

老婆婆莞爾一笑，望著法師的臉。法師一時不明白她的意思。

「這是為什麼？」

「船老大說：『在這樣的順風下，如果揚起風帆，一轉眼就會抵達葉山。不妨像水母在海面上漂一樣，讓船隻緩緩隨波飄蕩吧。』

「甚至很不像樣地唱起了他從別處聽來的祝賀小曲『四海風浪靜，無波遇順風，風不鳴枝椏，太平盛世也』，同時高喊一聲『賭個高下！』，就此開始賭錢。如果說船板底下是地獄，船板上也是修羅道啊。」

「船老大也是同一類人嗎？怎麼會有這種事。」

法師小心翼翼地雙手捧著那碗重新倒得滿滿的茶，面露苦笑。

「客官，說到那班人……您不妨出海看看岸邊。岩石的凹陷處，到處都有賭博用的壺，以及鮑魚的外殼。不是螃蟹坑洞的地方，全是丟擲銅錢留下的凹坑痕跡。這不是什麼奇聞異事，也是什麼不可思議的怪事，不過，當時對嘉吉來說，這些人就像是被妖怪附身一般。那些人叫嚷著『讓我們搭便船，搭個便船吧』，他們便把船靠向岸邊，這些人紛紛從岩石邊、從松樹下，輕飄飄地坐上船，這想必是妖魔所為。」

六

「嘉吉這傢伙就像著了魔似地，一直沉睡不醒。儘管已聽慣浪潮聲，但是當船頭繞往岩岸，他被松風搖醒，感到一陣寒意侵肌，就此醒來時，這才發現其他人當時的模樣。

「又不是船上了山，不過只是這群人在船裡圍成圓圈而坐，個個顯得若無其事，酒源源不絕地從酒桶裡流出，嘉吉見狀大為吃驚，昂然立於因猛然站起而斜傾的船底，大喊一聲：『喂，你們這些傢伙。』

「『別大聲嚷嚷。』

「『別大聲嚷，喂，嘉吉，就目前所見，這裡每個人都曾借過你一兩錢，或是兩分錢，不過，我也知道這是你老闆的酒。而要你盜用公款來核銷這筆債，這麼殘酷的話我也絕不會說的。只要我們把賭資湊一湊，買一桶新酒，這樣總沒話說了吧。只要好好帶錢回去，不管賣給誰還不都一樣。』

「原來如此，確實如他所言，這麼說也不無道理。對吧。

「『只要付錢就行，喂，船老大，船要往哪兒開啊？』嘉吉如此說道，這時，只見船老大手裡握著錢，朝纏在額頭前的頭巾上方高舉著拳頭，熱中地喊道：『是單，是單[6]。什麼，你說船？是船、是船。』

「嘉吉就這樣手握搖櫓，喊了聲『嗨咻』，他的神情就像撞見幽靈船似地，就這樣往前划，但還是抗拒不了酒香……

「一位在賭局中大贏的男子，請他喝一杯酒，嘉吉喝得咕嘟咕嘟作響，張口吁了口氣，於是男子對他說『來，再多喝點』，又幫他倒了一杯。嘉吉還向他確認道『這會扣掉多少錢』，到目前為止，他還算神智清楚。

「那名贏錢的男子怒道：『我可是幡隨院長兵衛[7]呢。怎麼可能請你喝酒還要錢。這種小家子氣的話別亂說。』

「嘉吉說：『這樣遞給我喝，大家也麻煩，倒這裡吧！』就此遞出紅色的長柄杓，用它來裝酒。他那張大臉，就這樣一手搖櫓，一手拿著餵馬喝酒的長柄杓，咕嘟咕嘟地喝著酒。

「反正有一桶酒已經打了洞，喝起來一點都不可惜。這酒就像從海裡湧出似地，男子很慷慨地說道：『再喝一杯吧，是雙。就當是幫我祈求好運，再請你喝一杯，不用錢的。』

「嘉吉向男子吹捧道：『我佛慈悲，骰子大神肯定頭頂光明萬丈。』又用紅色長柄杓要來一勺酒，酒愈喝，搖櫓的動作愈亂，船身搖搖晃晃，男子們說道『這樣不行啊，骰子都停不下來了。』

「嘉吉說道：『哼，不滿意的話，換你來划啊！』硬是把櫓塞給對方。不過船隻還是繞過了大崩壞前端，駛進海灣內。

「『好了，只要來到內海，就如同是走進鋪著新榻榻米的房間一樣。』心

6 骰子的賭法，點數總和為奇數是「單」，總和為偶數是「雙」。
7 江戶時代前期的町人。號稱是日本俠客的始祖。後來成為歌舞伎的題材。

情放輕鬆後，嘉吉這小子便說道：『給我酒錢，在你們賭完之前，我要先收訂金。』就此鬆開船櫓，伸手把錢握在手裡，揣進懷裡，另一隻手依舊握著長柄杓，就這樣跳進賭局中。

「哎呀，對這個像河童一樣的男人來說，這麼做比跳河更糟糕。這麼一來，他就沒救了。

「他一路輸，最後錢全被那名男子贏走，那桶酒的酒錢全部輸個精光。走到這一步，他已自暴自棄，骰子的點數看成了『十』，周遭的人頭看起來有五十個之多，整個海濱旋繞不停。『好吧，要剮就剮，要殺就殺！』當嘉吉再度往後仰身如此說道時，他一個人就已喝去將近一斗的酒。他們七個人已幾乎喝光四斗裝的酒桶，當搬運酒桶上岸時，嘉吉本以為酒桶會很重，雙手捧著，腰部使勁一抬，結果整個人往前撲倒，酒樽就此摔破，而嘉吉也跌了個狗吃屎，跟死人一樣。

「這艘船之前繞過長者園的海灣，就像幻燈片裡的遇難船隻般，沒傳出風浪的聲響，就此靜靜地漂行。脫去上衣露出的胸毛、盤腿坐露出的腿毛，在晚風的吹拂下，猛然感到一陣寒意，眾人就此微微酒醒，已經可以看到入夜後的第一顆星星。大岩的懸崖黑壓壓一片，朝面前壓迫而來，備感駭人，眾人紛紛重新繫好兜襠布，或是膝蓋併攏，船老大發出像鳥鳴般的『荷咿荷咿』的吆喝聲，把船靠向海濱，朝醉得不省人事的嘉吉揍了一拳。嘉吉就此霍然起身，雖然他喝醉了酒，但還是不改本性，仍為剛才的事感到沮喪，那酒桶明明很輕，但卻像前面提到的，他一抬起酒桶就跌了一跤。就是這麼回事。」

七

「他仰躺在地，呼出像火一般灼熱的氣息，從身體滲出的酒像露水般滴向砂地。在傍晚的涼意下，蚊蠅全往他身上匯聚。

「不管怎麼揍他、打他，他就是不起身。

「『看來是不能袖手不管了。』一名看起來孔武有力的男子出力幫忙，不過連同船老大在內，這班人都已步履虛浮。雖然走得步履蹣跚，但還是扛起剩下的兩桶酒送往零售店。

「真正傷腦筋的是如何處置嘉吉。姑且將他當成船上的行李，堆在船上載回去，這樣就算處置完畢，但船老大卻逃避責任地說道：『他不是屍體，只是喝醉了，等他醒來還要向他問候，太麻煩了。』就此升起船帆，隱遁在海上的霧氣中離去。

「不管怎麼，如果不想個藉口，實在無法就這樣回去見店主，於是有人說『就先送他回秋谷老家去吧』，開始討論起運送的事，但如您所見，這個行李是這麼一個大漢。而且倒在地上一動也不動，令人傷透腦筋，其他人有的抽菸，有的打噴嚏，有的用腳跟把聚集在小腿前的蚊子擰死，眾人就這樣在海岸邊圍著如同一尾爛醉大鯊魚般的嘉吉，討論許久，始終沒個結果。就在不知如何是好時，正好有人拖著搬運車，從藤澤花了一天的時間，來到這條幹道前方的長者園河堤……

「是位一頭白髮的老翁，頭上綁著暗紅色頭巾，繩結高高地立起，氣勢十足，像極了弁慶蟹[8]那濡溼的大螯鋏。而他的左手彎曲，緊貼著側腹，手指和手掌時而張開，時而緊握，不時會有動作，但手肘卻緊貼著，不見伸展。宛如一尊銅鑄的雕像……向他詢問詳情後，老翁說自己這是自作自受，去年他在一家定食

8 中文實際名稱為「中型相手蟹」。

飯館喝酒，喝得爛醉如泥後，說出『我要照亮陰間的黑暗』這句不太正經的名言，借了一盞印有『井字形當中有條長木瓜』的家紋，在鄉下的暗夜極為管用的燈籠，一邊照向撒滿牡蠣殼的道路，一面哼著歌，踩著彷彿地面崩塌般的虛浮步履，走在安政大地震[9]震出的道路上。因為心情舒暢，而開始感到睏意，他將那礙事的燈籠掛在手肘上，手臂彎成鉤形，盤起雙臂，自言自語道：『咦，很奇怪哦。你到底是鬼魂，還是錢精靈，快露出你的真面目來！』以迷濛醉眼瞪視著燈籠，就此癱軟在行道樹下。接著在半夢半醒間，像土裡的蟲子一樣發出如雷鼾聲，同時來到了大崩壞旁，眼前的大海變得不同，燈籠裡的蠟燭因太平洋上吹來的強風而翻倒，就此燃起烈火。就像將外海的漁火嗅進衣袖裡，他的胸毛著了火，就此大吃一驚，大喊道：『呀，可惡啊你，你這地獄的火焰車，現在就想燒死我，還早呢！』就像與惡鬼扭打般，翻倒在地，四處打滾，這才滅去身上的火，保住了一命，但因為當時的嚴重燒傷，現年六十七歲的他成了後天的殘疾——人們給他取了『手殘蟹宰八』的綽號，算是秋谷的名人。

「……他就是我家老爺子。」

老婆婆如此說道，微微一笑。

小次郎法師開心地朝她行了一禮，獻上祝福道：

「原來是妳家老爺啊。」

「哎呀，他這個人總是隨著性子走，不是什麼正經人，但託您的福，現在依舊硬朗，他說『我討厭和有交情的近鄰討價還價』，所以用他那行動不便的肩膀背起竹籠，帶著海螺、小鮑魚、乾竹莢魚、臭肉魚[10]，翻越葉山，從日影，一路走到田越、逗子叫賣，以賺取酒錢，而當時村裡原本的村長，是家中代代都是富豪的鶴谷喜十郎先生。」

老婆婆很恭敬地報上姓名。

「我們因為認識那位當家，就此成為宅邸裡固定往來的商人，到東海道的藤澤代為採買。

9 江戶時代後期的安政年間（一八五〇年代）於日本各地連續發生的大地震。

10 正式名稱為沙丁脂眼鯡。

「平均一個月一次，採買各種用品，例如鹽、醬油，甚至是像油燈芯這樣的小東西，買了一整車的商品。

「橫濱有濃濃的洋味，三崎的東西則較為粗俗，這一帶的商品大多是因急用而買來湊數，品質低劣，至於有分量、嚴格要求的物品，從以前便都是在藤澤採買。而且價格不貴，便宜又好用，特別適合有錢人來採購。」

老婆婆就像在纏線圈似地，滔滔不絕地說著。她的嘴巴一直沒停下，自己也喝了口茶。

有好一段時間，路上都不見行人。

八

「那群人說：『……噢，是宰八啊。老爺子，如果你要回家的話，幫忙把這東西送到產神[11]那兒吧。你那台搬運車正剛好。』

「仔細一看，原來是嘉吉，就我剛才說的那副模樣。

「我家老爺子說：『我們是信奉同樣產神的氏子[12]，算是同鄉。理應幫這個忙，但你們看也知道，我手這個德行，無法隨意搬運他。你們幫我重新把貨整理一下，將他搬到貨物上吧。』

11 守護孕婦和嬰兒的神明。

12 在神明鎮守的土地，祭祀神明，受其庇護的人們。

「『老爺子，這小事一樁，把人直接疊在貨物上就行了。』當中兩人馬上一人抬嘉吉的頭，一人抬他的腳，將他抬了起來。

「我家老爺子緊握他那不靈光的手，很堅持地說道：『慢點，我替鶴谷先生跑腿，買了許多棉花，我心想，要是壓在醬油桶或煤油罐底下，那總不好吧，所以才堆在上面。等送到喜十郎老爺那裡，就會在棉被裡塞入這全新的棉花，絕不能讓這個渾身酒氣的怪物躺在上面。先仔細將貨品重新堆疊好。』

「那些粗魯又性急的傢伙說：『太麻煩了，改這麼辦吧。』以捆在貨物上的繩索纏向嘉吉身上，將他綁在搬運車旁，不讓他碰觸到車輪。

「『因為沒付運費，所以就算掉了也無妨。那你趕快回家吧！』男子們拍了拍手，拍得啪啪作響，不論是賭贏的人，還是賭輸的人，扣除剛才喝的酒，沒人有損失。他們滿心歡暢地唱著小曲，往衣服下襬捲至屁股上方，整個外露的小腿面朝的方向陸續散去。

「我家老爺子發出『嗨咻』一聲，重新將搬運車的橫桿架在肩上。要用他不方便的那隻手推，得仰賴胸膛的力量。此地行人稀少，他拉著搬運車走過憑著朝露而長滿這一帶的海邊牽牛花上，發出搖晃的聲響。

「從葉山到大崩毀，是很長的一條上坡路段。之後則是傾斜的下坡道路。我家老爺子說：『就在車子一路顛簸跳動，來到這家茶店前面時……』

「『喂，給我枕頭、給我枕頭！』嘉吉這小子放聲大叫。

「『鬼叫什麼呢，臭小子，你少做夢了。看來，你是把我跟青樓裡濃妝豔抹的女人搞混了吧！』老爺子嘀嘀咕咕發著牢騷，連轉頭看也不看一眼，繼續用力拉車。」

「嘉吉是不是做夢啊？」

「客官，那哪是做夢的時候啊。嘉吉發出彷彿快要被勒死般的叫聲，一頭熱地直嚷著『好難受、好難受，我要流鼻血了，頭昏眼花，幫我把頭抬起來。喂，你想對我怎樣？來吧，要殺就殺，要剮就剮！』嘉吉這小子仍當他在船上。

「仔細一看，纏在他身上的繩索已經鬆弛，他的頭幾乎快擦向地面，整個人上下顛倒。難怪他會那麼痛苦難受。

「但我家老爺子對他說：『如果你是酒氣衝腦，醉意未消，那再好不過了。

我行動不便，所以你再忍耐一會兒吧。』繼續搖搖晃晃拉著車。而嘉吉就像噴火似地，不斷叫嚷著『我快死了，快死了，救命啊』。

「接下來要談的，是和我們店裡無關的人物。」

老婆婆朝葦簾外望了一眼。

「她就出現在屋簷下。就像從那高高立起，宛如黑漆般的髮髻，露出幾乎連波浪都快要搆著的低垂新月般，她以雪白的圓扇貼在臉上，猶如圓扇穿著衣服似地，清晰的影子、修長的身形、淡藍色的下襬，是一位美得驚人的女子。

「她動作流暢地來到路旁。

（……）

「女子喚住我家老爺子，問道：『此人是罪犯嗎？』

「我家老爺子回答道：『這上頭不論是食物，還是貨物，全都是新買的。妳別說這種不吉利的話。我在上面載了個罪犯有何用，事情是這樣的……』女子聽了，回了一句：『真可憐，他想必很難受吧。』就此拿下圓扇，像一片薄翅般，橫著叼在口中。

「這時，她背對我家老爺子，臉像這樣斜斜面向一旁。」

老婆婆背過身去，法師可能是從她的姿態聯想起那名模樣像新月的女子展現的風情，在移開葦簾而射進的陽光下，老婆婆的後頸顯得特別白皙。

法師移膝靠向行李問道：

「然後呢？」

「是，女子垂下雙手，白皙的雙手手掌靠在一起，將嘉吉垂落的腦袋抬起到第四、五根車輪輻條的高度。可能是因為承受了腦袋的重量，女子縮起身子，雙肩變得更窄了。」

九

「接著她說：『我來照顧他，你放他下來吧。』

「老爺子纏著頭巾的頭轉向女子應道：『不過就受這麼點罪，他根本就不痛不癢。別理他。太麻煩了。』女子問：『你欲往何方？』

「一路上因為許多事而占去了時間，老爺子也頗感不悅，很直接地說道：『要把他送去鎮守秋谷的明神，我們信奉的產神那裡。』

「『由我來收留他吧，你送到這兒就行了。』

「『閣下是？』

「『哦，我是明神大人的女侍。』

「這時，就像一陣浪打向明月般，一道清風徐來，葦簾的影子一陣搖晃，像方格圖案般映向女子的衣袖，結果連她那白淨似雪的肌膚也變得透明，四處都不見她留在地上的影子。抬頭望向空中，只看見宛如白鷺飛翔在天際般的浮雲，這時正好一道浪打向岸邊。

「老爺子感到毛骨悚然，就此恭順地應道『是、是』，乖乖解開繩索，嘉吉那笨重的身軀從搬運車上滑落。女子將抬起的手放下，緩緩放下嘉吉的頭，讓他可以碰地。

「嘉吉雙腳動個不停，雙手四處晃蕩，拚命掙扎，幾乎都快把車輪的輻條踢歪了。

「『好了，你可以走了。』對方說的好像老爺子是個礙事者似地，他感到有點遺憾……

「不過，他根本沒什麼好遺憾的，因為他自己也不是什麼好人，呵呵呵。」

「哎呀，我光是聽妳說，就覺得對方好像是刻意對他很不客氣。光是對方關懷醉漢這件事，就教人無法默不作聲。這似乎會讓人寢食難安呢。」

「對，就算那是玩笑話，但對方說自己是氏神大人的隨侍，要是繼續將嘉吉綁在搬運車上，這就像是將明神大人的孫兒當成繼子對待般，老爺子在那名女子面前也尷尬。

「因此，老爺子像在替自己解釋般，從棉花堆在貨物上頭一事開始說起，談到將這小子綁在搬運車旁，並非他自己所為，女子聽完後，只說了一句：『好了，你到一旁去吧。』

「『才不好呢。凡事不把道理講清楚，會教人無法接受。既然妳是明神大人的侍女，那請妳告訴我。像老朽這麼一個手殘的老頭，要如何照顧這麼一個年輕的醉漢？連明神也沒搞清楚，對這種醉漢都這麼慈悲為懷，加以體恤關照，但為什麼始終都不賜我家老太婆一兒半女呢。這也就算了，如果我們命中無子，那也只好死了這條心，但我被燈籠燒傷一事，為什麼又坐視不管？我要不是手殘，就算是同樣把人綁在這台車上，我也不會這麼危險地將他倒著綁。我們算是初次見面，但妳看我的眼神，好像我很殘忍似的，這讓我感到寢食難安。』老爺子甩動著頭上的頭巾說道。

「『你快回去吧。』女子仍不願多言。

「『不行，如果不把道理講清楚的話……』老爺子仍想和她爭辯，結果……

「『你走吧。』

「女子以圓扇遮住臉。膚光勝雪的手伸向老爺子背後，就像要將他連同搬運車一同往前推出般。她的手指搭在車輪輻條上，潔白耀眼，就像棉屑落在紡車上一樣，在月光下動了起來，車輪就此轉動，眼看搬運車就要壓在老爺子背上了。」

「噢——」

法師雙目圓睜，暗自吞了口唾沫。

「老爺子大吃一驚，雙手在空中揮個不停，他自己拉的搬運車，竟然從背後一路往前推，他大叫一聲『哇』，一口氣便來到了村子入口處，接下來的幹道形狀就像鍋柄一樣彎曲，但他竟然自行一路衝向明神所在的森林石階前。

「不過，如您所見，道路的地勢是斜向一路往下，但還算不上是下坡，而且搬運車的速度飛快。就像一路滑落般，好不容易來到了石階下，老爺子暗自悶哼一聲，使勁撐住，停下腳步，衝勢強勁的搬運車就此在石子路上卡啦卡啦地空轉，彈地而起。

「抬眼一看，覆蓋天空的森林一片幽暗，老爺子就此直打哆嗦。」

十

「他這個人就是不服輸，在月夜下轉頭遠望，看到的清楚形體，就只有您背後那堆用來壓在葦簾柱子底下的石頭，以及我總是立在那裡的那張椅凳影子。

「從那裡到大崩壞可以一覽無遺，完全沒看到那女子的身影。老爺子隔著距離遠望，往回折返，躡腳而行，走過山腳下整面呈淡墨色的草地。

「老爺子心想：『她到底會對嘉吉怎樣，我得瞧個仔細。』

「搬運車行經明神的石階前，您也知道的三崎幹道，從那裡轉向一旁的田埂，便是村莊的入口。那裡民風淳樸，就算看到有物品堆放，也都如同立有『鶴谷先生專用』的牌子一般，沒人敢擅動。

「剛才我說道，老爺子就像在爬行般，躲躲藏藏地折返回原地。不過事後引來村民們嘲笑道：『你這樣是要怎麼躲藏？你那顆發亮的腦袋，還有頭巾的暗紅色，在月夜下會消失不見嗎？我看你是中了那個女人的術法，在月光下成了活生生的紅螯螃蟹。』他聽了則是驚訝得直眨眼，回嘴道：『去，別再說了，怪可怕的。』

「您儘管笑吧。他都年輕一大把了，那名女子叫他走，他卻不聽，乖乖聽話不就沒事了嗎。」

法師聽到這裡，為之蹙眉。

「這事並不好笑。老爺子可有什麼異狀？」

「是對方高抬貴手。」

老婆婆露出謹慎的表情。

「拜此之賜，我家老爺子平安無事，今天一樣到鶴谷先生田裡幫忙。」

「這麼說來，只有那個叫嘉吉的人遇上了怪事對吧。」

「那也是他自作自受。起初女子非常好心，對他太好了……親手賜他氣味芳香，如同以水晶碾碎成的冰涼藥物，我將那藥連同水一起留下……就用這個提桶。」

老婆婆轉頭望。可能是出於供奉明神的一份心吧，夾在葦簾中間的金盞花底下一處陰涼的地方，擺了一個提桶。桶箍上繫著注連繩，可能是從那之後就一直繫著吧，看起來還很新。

「她還汲水來餵嘉吉喝。嘉吉醒來後，她對嘉吉說：『如果你是因為做了錯事，而無法回主人身邊，就拿這個當補償金，好好向主人解釋。』給了他一件珍寶。

「客官，那是一顆散發鮮綠光澤的漂亮寶珠。

「我家老爺子說，他躲在草叢裡，悄悄探出他那螃蟹般的眼睛，親眼目睹。

「女子拿著寶珠的手指，微微映照著綠光，她白皙的玉手透明的模樣，看起來就像用手拈起一隻大螢火蟲一般。

「那道光原本是附在女子身上，但很快便消失在嘉吉擲骰子的手掌中。

「接著她微微低下頭，對，一樣是以圓扇緊貼著臉，將可能是先前掉了的髮簪，輕輕插向前方的黑髮裡。而她腳下穿的不知是草屐，還是雪屐，就這麼動作流暢地伴隨著月光，像和緩的小浪般緩步離去。

「老爺子見狀，再度感到毛骨悚然。他心想，不管怎樣，她說自己是明神的身邊侍女，這只是一句戲言，她大概是從葉山那一帶的某戶別墅悄悄溜來的吧。

「此刻她遠去的方向，是方向相反的秋谷那一帶。……正感到納悶時，怪事可還不只這一樁哦。

「嘉吉這小子，根本就是俗話說的『施予慈悲，回以屎糞[13]』。他一把握住寶珠，因為還在酒醉，一開始直嚷著『我想報恩』、『請教芳名』、『讓我見您一面就好』，糾纏不放。對方像楊柳一樣，輕鬆帶過，步行離去，但嘉吉卻像是夜裡要前去與織布場的小姐幽會，走在田埂裡高聲歌唱般，以教人連模仿都難為情的得意口吻大放厥辭，最後更是得意忘形，拉住對方衣袖，伸手從後方抱住女子。

「老爺子看得直冒冷汗。但女子就像草鞋被衣服下襬卡住似地，就這樣任由嘉吉抱著，一路往前行。客官，這真是太怪異了。」

「又是一樁怪事。」

小次郎法師聽得臉色沉重。

十一

老婆婆露出了然於胸的表情。

「光是看一眼，就能從女子的模樣看出幾分。

「不論她是神，還是普通人，都不是嘉吉這種人可以隨便開口攀談的對象。就算不是，他畢竟也受了對方的恩惠。即便要膜拜，也只能膜拜其背影，不然會遭天譴。如果是壞蛋，這剛好是洗心革面的時候。

「嘉吉的本性並不壞，他只是個不懂得自我約束，成天渾噩度日，嗜酒如命的傢伙。不論是芒草、蘆葦、還是女郎花[14]，他都無法分辨。

13 有恩將仇報之意。

14 正式名稱為黃花敗醬草。

「只要是長頭髮，就認為是女人，活像是隻發情的狗，就連對方賜寶珠的恩情，他都當是像分家的姊姊在竹林前分他半個牡丹餅一樣，以為既然對方肯給他東西吃，肯定也對他有意思，就這樣緊黏著對方不放。

「就算是像弁天財神這樣的美貌，有蒼蠅聚在一旁，看了還是教人覺得難受。

「那女子腳步所至，雖說是隱蔽在荒草中的一條小路，但如果只是路過匆匆一瞥，只會覺得那是因天旱而乾枯的岩石裂縫。」

老婆婆依舊坐著，指向離這裡並不遠，用不著趨身向前的近處——

「前方由一條捷徑分成兩邊，一路往上，通往隔一座山頭的秋谷村，馬或車子都無法通行，不過每當入夜後關起店門，我就會用包巾將點心、水洋羹、販售的商品包好背在背後，一手拎著鐵壺，趁著黃昏時分，在地上留下長長的影子，走回家中，雖然我是個佝僂的老嫗，但這段路還是難不倒我。

「那名女子就這樣走進那條路。……衣服下襬隨風擺蕩。

「我家老爺子心想『真是奇怪』，就此肩膀微微向前探出時，女子已離開岸邊的浪潮，一溜煙上了山腰處，這嘉吉到底幹了什麼事？

「女子轉頭瞪向嘉吉，遮住臉的圓扇翩然翻轉，斜斜落下，重重打向嘉吉側臉。

「『哎喲！』嘉吉大叫一聲，往後躍開，雖然這條路長不到半町[15]，但嘉吉死命用膝蓋和腳跟使勁，拖著嚇到腿軟的身軀，飛也似地逃了過來。

「老爺子看著眼前這一幕，正倒抽一口冷氣，冷汗直冒時，聽到嘉吉那聲『哎喲！』，他大吃一驚，就此叫了一聲『哇』，從山腳下跳出來，正好嘉吉一頭撞向他胸口，兩人就此倒向兩旁，就在這條幹道中央，這麼一來，就完全被對方瞧見了。

「兩人都跌坐地上。

「『搞、搞什麼啊，你這小子。』老爺子既生氣，又害怕，就此大吼起來，就在這時，嘉吉已經變得不太正常。他的眼睛定住不動，瞪得好大，一直注視著老爺子宰八的臉。

15 半町，約五十公尺。

「『妖、妖、妖……』

「『咦！』

「『妖怪。』嘉吉話一說完，馬上站起身，手忙腳亂地跑了回來，往前跌了個狗吃屎。

「老爺子又吃了一驚，正要立起的膝蓋又是一陣痠軟，跪向地面，他重重嘆了口氣。因為情緒激動，連浪潮聲也聽不見。儘管如此，四周一片寂然，只有大海翻湧的聲響傳進耳中，通往秋谷的捷徑一路沿著山勢而行。當傳出鈴蟲的叫聲時，他聽到女子以珠圓玉潤、響若洪鐘的嗓音唱道：

「『這是何處的小徑，何處的小徑。
是天神的小徑，天神的小徑。
請讓我通行，讓我通行。』

「語帶淒清。

「聲音逐漸遠去，山上就像是有人用薄薄的棉花包覆般，當浮雲泛白，『嘩——』的一聲搶先在耳內響起時，一陣小雨朝海面灑落，她的聲音緩緩朝山的後方遠去。

「『剛才看到那宛如兔毛般的白雲，我才在想可能會下雨，實在是太不小心了。這下貨都淋溼了。』老爺子趕快跑了回去，一邊拉著車，一邊朝村郊處的一家小店叫喚，然後才跑去看嘉吉。

「老爺子說：『那歌聲彷彿十年或五十年前就聽過，現在仍會在我耳內響起。』

「老爺子看起來似乎有所顧忌，不太想說明詳情，而嘉吉從那之後就一直是那副德行，不太正常。

「從那之後，這件事就在這一帶傳開來，而孩童們之間也不知道是誰先起的頭，不知從什麼時候起，都開始會唱那首歌……」

十二

這是何處的小徑，何處的小徑。
是天神的小徑，天神的小徑。
請讓我通行，讓我通行。
不管誰來，都不給過，都不給過。

「他們都是這麼唱的。

「最近在學校裡，明明都會教《烏鴉呱呱叫》，或是《池鯉吃麩皮》這類中規中矩的歌曲，但偏偏孩子們不唱，反而以悲傷、寂寞、輕細的聲音唱著剛才提到的那首

「『這是何處的小徑，秋谷宅邸的小徑。』

「孩子們一見面，就異口同聲唱了起來。最近已很久沒聽到的這首歌，自從老爺子那天晚上聽到的事傳開後，也沒人特別提，就此開始流行起來。

「原本的歌曲我記得是這麼唱的：

『是天神的小徑，

請讓我通行，

沒事的人不給過。』

但孩子們卻將它改唱：

『是秋谷宅邸的小徑，

不管誰來都不給過，

不給過。』

「而且還不光這樣。孩子們在黃昏時分，一面在這一帶遊玩，一面擺出那副模樣。

「他們每個人都扯下芋頭葉，在上面挖出兩顆眼睛和一個嘴巴的小洞，像這樣貼在臉上。從大孩子到小孩子都有，看起來像是有蒼白線條，身形瘦長的狐狸或狸貓，也像是姑獲鳥[16]，模樣詭異難分，當中有的葉子上有蟲蛀的斑點，看起來宛如乞丐或長天花痘疤的鬼魂。他們三到五人，戴著葉子面具一字排開，一副瘦弱的模樣，也不分是太陽底下還是陰涼處，有時是竹林前，有時是山谷入口處，有時是山腳下，他們展開遊行，高聲唱著那首歌。而且不只一、兩組人。

「他們愈來愈調皮，最近還會在身上掛著玉米尾鬚，嘴裡叼著木通果，提著茄子當燈籠，走在暗路上，四處遊蕩，直到天黑。

「而更教人在意的是，他們會拿著小石頭互敲，就像在敲數來寶似地，打著叩叩叩叩的拍子，所以歌曲就這麼漸漸深植人心，他們在各自返家時，有一人會敲響石頭說道：

「『現在敲的是幾刻鐘？』

「『四刻鐘[17]。』

「另一人叩叩敲響著石頭回答後，數著五刻鐘、六刻鐘、九刻鐘、八刻鐘……[18]。

「『現在敲的是幾刻鐘？

「是七刻鐘[19]。』

「以這句話當信號，接著眾人喧譁一聲：

「『妖魔出來嘍！』

「就此一哄而散，一個不留。

「那幕看了，教人感到既不舒服，又落寞，就像盂蘭盆節的亡靈不斷地四處遊蕩般，如同被拖進地窖，令人心情沉悶。

「聽說學校老師也責罵道『唱點活潑的歌曲吧。唱那什麼東西啊』，但如果這樣就能停止的話，到學校上學的學生應該就沒人會抓蜻蜓，也不會有爬樹的小鬼了，所以自然還是沒有停止的跡象。

16 也叫「產女」，是因難產而死的孕婦所化成。常抱著胎兒，披頭散髮，滿身血汙，於夜晚出現在道路上行走哭泣。

17 亥時。

18 以上時間分指戌時、酉時、午時、未時。

19 申時。

「而在家中，父母也會嚴厲訓斥。有些凶悍的家長心想：『這可惡的凸額助……不對，是塌鼻子，應該是戴著芋頭葉的凹臉吉。看我在小徑逮著你，賞你幾個耳光，好好修理你一頓。』就此等候孩子路過，定睛細瞧，但孩子們照身高大小順序排列，同樣臉上都戴著芋頭葉，就連衣服上的條紋圖案也因為黃昏時分而顯得模糊，就算清楚地映照在村長家的白牆前，一樣連哪個是自己孫子、兒子、哪個是女孩，都無從分辨。

「他們也個個都像是被什麼附身，受妖魔使喚般，完全束手無策，父母們慌亂不知所措。村民們聚在一起，立起單膝，盤起雙臂，或是盤腿而坐，單手托腮，大家都說：『真是奇怪，當真罕見，此事非比尋常啊。』隱隱覺得可怕。

「當中有個人深深嘆了口氣，對此相當擔心，他是鶴谷喜十郎先生。」

老婆婆很恭敬地又報了一次姓名，望向四周。

十三

老婆婆就像與法師有十年交情似地，挨著身子壓低聲音說道：

「請您再聽一次這首童歌──『是秋谷宅邸的小徑，不管誰來都不給過』。」

老婆婆靜靜望著小次郎法師，見他點頭，心想「這樣他應該是明白了」，接著自己也點了點頭說道：

「……就是這麼一首歌。首先是在秋谷這地方，說到宅邸──指的當然是有倉庫、白牆、瓦屋頂的房子，雖然不是只有他一家，但就像說到太閤大人，指的就是豐臣秀吉大人，提到黃門大人，指的便是水戶黃門大人一樣，說到宅邸，當然是非鶴谷宅邸莫屬。

「話說，那棟房子是主宅，算是開拓這座村莊的第一棟房子，而另一棟則是喜十郎先生為了退休養老而興建的別墅。

「家財萬貫，走廊上開滿紫藤花，歐式窗戶上養著鸚鵡，一切都隨心所欲，在我們這附近就能看到這樣的範本。不過，他是位個性守舊的人，他說『別墅建築不適合我們這種農民百姓』。前方立石村有一座自古傳承下來的村長宅邸，連同土地一同出售，光屋瓦就價值將近千兩，有兩根頂梁柱，雖是平房，但天花板又高又明亮，房間數多達十多間。他將房子拆解，以牛車載過來，後方是整片偌大的森林，加上塗黑漆的大門，兩旁的樹木縱深，建造得宛如一座巨寺，這時剛好他兒子喜太郎從東京學藝結束返家，他便趁這機會將當家的位子讓給兒子，夫婦倆就此過起退休的生活。

「去年夏天，在東京關照過喜太郎先生的某房東千金，說想趁暑假好好療養倦怠症。

「『海邊雖然熱鬧，但馬車通行會揚起塵埃。希望能有處幽靜的場所，房間也是愈多愈好，所以希望養老的居所能提供三間房，並附上兩名女傭。』兒子前來商量，於是喜十郎先生回覆：『說到退休，就跟離群索居一樣，現在要再重回主宅住，我也嫌麻煩，而那位年輕小姐與我們這種老年人同住，想必也不自在。年輕人就該和年輕人一起，不妨帶她回我們本家，趁著土用[20]和過年，一起玩歌留多牌[21]，這樣你媳婦也會很高興吧！』真是好父親。

「就這樣，喜太郎先生將本家的幾個房間出借給那位小姐住。某天晚上，那位小姐坐著人力車前來，只聽聞她貌比天仙，但我們都沒見過她本人。也難怪家中的下人女僕全被下了封口令，對此絕口不提。

「因為那位小姐已大腹便便。」

「嗯，她有身孕是嗎？真不像話，我看那個兒子和這女子是老相好吧？」

「被您猜中了。女子來不到半個月，便引發這麼大的風波，這也是因為喜太郎先生的妻子已足月，即將臨盆。

20　日本的雜節，一年四次，為立春、立夏、立秋、立冬前的十八天。這裡指的是立春前的「冬土用」，從一月十七日左右開始。

21　一種花牌遊戲，分成文字牌和圖畫牌兩種，由一人念文字牌上的文字，其他人搶著挑出相對應的圖畫牌。

「有個受雇於本家，沒特別職務的老頭子，名叫仁右衛門，綽號『苦蟲』，某天苦著張臉，前往喜十郎先生養老的住處，神色忸怩，待他把口中的菸擰熄後，他才說道：『沒錯，自古人們便說，如果有兩人同時生產，不論是後生還是先生，當中總有一人會因為競相生產而有血光之災，得審慎評估才行啊！』

「喜十郎先生就連遭遇歉收的荒年，也不曾像現在這樣盤起雙臂，臉色凝重。『此事是好是壞姑且不談，但如果因為疼愛自己媳婦，要把另一位即將臨盆的小姐請出家門，這等毫無慈悲心的話，我實在說不出口。不過，這麼一位到家裡暫住的人，要是將主屋讓給她，改由我這處養老的住所收留我媳婦住，這樣又愧對列祖列宗的牌位。我們夫妻倆就搬回主宅，讓那位小姐到這處養老的住處暫住吧。』——喜十郎先生夫婦就此離開黑門，這是他重新當家的前兆。

「鶴谷家再次由這位退休的老太爺掌管。」

「因為知道自己兒子做了醜事，與他斷絕關係嗎？」

「您聽我向您說明吧，喜太郎先生就此亡故。前前後後，黑門一共辦了五場喪禮。」

「五場！」

「對，就是這樣，客官。」

「是哪些人呢？」

「一開始是那位前來療養的小姐。她產後一直身子虛冷。經歷了她這場大風波後，隔了七天，改由鶴谷家的媳婦生產。

「錯過了兩次生產的好時機，從早上卯時一直折騰到晚上亥時，陷入難產。

「整個村莊如同失火般亂成一團，而另一方面，主宅則是一片悄靜，只傳來誦經聲或咳嗽聲……。」

十四

「有占卜師卜卦說：『這是亡靈作祟。不能輸給這個惡鬼。我方要展開逆襲，由開路先鋒帶著護身刀，率先進入別墅的那間待產房。』替那幾位撩起裙褲兩側，塞進腰帶內，站在一旁的眾人助威，產婦仍躺在墊被上，六個人合力從四個邊角和兩旁輕輕將她抬起，抬往搬運用的臺座上。

「站在隊伍前頭的，正是那位占卜師。他將幣束[22]插在衣襟處。裝有卜籤的長袋子像小刀一樣，一半夾在腰帶裡，在騎馬燈籠的亮光下，他的占卜用具就此浮現，同時也照亮了烏雲覆蓋的悶熱田埂，他一路甩著手臂而行。

「這位媳婦當初嫁入門的嫁妝當中，有一把附有藍貝圖案的長刀，仁右衛門這名老爺子扛著它，做好隨時可展開橫掃的準備。正中央扛著載有產婦的臺座。

喜太郎先生戴著帽子，臉色蒼白地陪在一旁。後方是是穿著紅色袈裟的持明院僧人。再來是下人和女僕，一路跟在後頭。產婆早已跑到前方，到黑門的房間準備接生。

「這是何等稀奇的隊伍啊，一路上不知為何，螢火蟲成群出現，蒼蠅就像在折騰人似地，聚集在病人身旁。雖然處在如此痛苦的情況下，但這位美麗婦人的心境不同於一般人，她就像個孩子一樣，專注地伸手抓來螢火蟲細看。

「她之所以抬起手，是因為她知道自己的身體狀況，她就像要抓住天空，狀甚痛苦，令人不忍卒睹。

「儘管如此，一旁人們還是對她說：『不可以向作祟的亡靈認輸。』她的頭從仰躺的枕頭旁滾落，髮梢落向她看起來沒那麼憔悴的白皙臉頰，一口皓齒緊咬著頭髮。我也認識她多年，在竹林下等候她前來，緊抓著載著她的臺座說道：『少夫人，您要堅持下去啊！』她輕細地應了聲『好』，朝我微微一笑。他們就

22　神道教在祭典中用於供奉神靈的紙條或布條，外觀為兩條紙垂夾在木製或竹製的竿子上。

此過橋往前而去，在暗夜的榛樹下一帶，無數的螢火蟲在空中閃爍，我腦中就此浮現金盞花的模樣。心想：『那就是少夫人的臉啊！』就此閉上眼，祈求她平安無事……」

老婆婆的聲音透著落寞。

「不久，我聽到寺院的鐘聲。」

「南無阿彌陀佛。」

「說來也真是可憐，那天晚上是她第一次生產。

「真是一件不幸的事啊。她抵達黑門，正準備前往待產處時，才發現那和先前在這裡療養的那位小姐是同一張生產的床鋪。於是這位難產的少夫人說：『啊，那位綁著藍色頭巾的先生，我想躺下，請幫我稍微移向一旁。』

「但對方回答她：『別輸給那傢伙，直接壓垮她。』沒理會她的要求，直接讓她躺向那床墊被。可能是路上受了夜露，帶來不良的影響，就算請大夫也已回天乏術。

「『妳一定也……很不甘心。』她神色恍惚，緊抓著枕頭，發出『嗯』的最後一聲低吟，孩子就此生了出來，但沒傳出哭聲，母子都斷了氣。

「可能是因為打擊太大，過於悲傷，喜太郎先生在黎明時投身屋後的水井。

「事後雖然已重新淘井，但眾人還是覺得可怕，再也不想喝那口井裡的水，以致井口邊很快便被青綠的芒草掩蓋。

「平均七天或十天一次，仁右衛門和我家的宰八——年輕人一開始都因為害怕而不敢靠近——這兩位老頭子都會前往打開防雨門，打開拉窗，讓陽光照進屋內，保持通風。但前一陣子，打從嘉吉發瘋那時候開始，就連他們這兩個老人來到幽暗的樹下深處，往黑門裡頭窺望，也會害怕得腿軟，無法繼續往前邁步。

「『之前那位女子髮簪上那顆發出綠光的寶珠，大概也是螢火蟲吧。』就在村民們開始暗自傳出這樣的傳聞時，在芋頭葉上挖出眼和口的小孔，以此當面具戴的孩子們，便開始四處遊行，高聲唱著：

「『是秋谷宅邸的小徑，

不管誰來都不給過……』

「後來，再也沒人去那座宅邸後，裡頭雜草叢生。喜十郎先生很擔心地說道：『黑門那棟別墅會這樣也是沒辦法的事。但唯獨秋谷宅邸的本家，我不希望它也完全沒人造訪。雖然不知道現在究竟是怎樣的世道，不過，可能我鶴谷的氣數已盡。』喜十郎先生也已滿頭白髮。夫人也是位善人，看了真教人不捨。

「噢、噢，一不小心說了這麼多，都這時候了，唉，又是那討厭的芋頭葉展開唱歌遊行的時間了。」

老婆婆環視四周。浪潮的顏色轉為湛青。

一直靜默不語，閉著眼睛聆聽到最後的雲遊僧，抬起他那不顯一絲迷濛的臉龐，隔著葦簾望向幹道前後，此時太陽已西沉，毋須仰望。

「這令人感觸良深的故事，一時聽得太入迷，天色都這麼晚了，路上行人個個都成了黑影。世上真是無奇不有啊。老婆婆，託妳的福，我學到了不少，謝謝，也該走了……」

十五

「法師，您接下來欲往何方呢？」

雲遊僧將行李拉向身邊，老婆婆也跟著站起身問道。

「我打算越過鎌倉，趕在今天抵達藤澤，但照這樣來看，等到了葉山時，應該都入夜亮燈了吧。

「對了，前方森戶的松林裡，應該已經能看到一些燈火了。」

「您真清楚。」

「我還沒出家前，曾經造訪過。因此，我原本沒打算去鎌倉參觀，想直接前往東海道的主幹道，但天色已晚。

「我修行還不到家，要在樹下或石頭上露宿，還吃不消。」

法師微微一笑。

「那就到鎌倉去吧。」

「您一定很傷腦筋吧。因為我一時講得太投入，而害您耽擱了。」

「不，妳這麼說，我才不好意思呢。我的心情就像在聆聽難能可貴的弘道說法。

「我這可不是違心之言哦。

「如妳所見，我雖號稱行腳，卻是輕鬆享受旅行的樂趣。只要有蝴蝶與蜻蜓相伴，當初發願遁入空門，溼透墨染僧袍衣袖的淚水也隨之風乾，無常俗世之淚也可忘。

「不知不覺間，連唱誦佛號也隨之遺忘，其實剛才也是這樣。

「在來這裡的路上，我行經秋谷明神這座森林的石階下方，來到向陽處的麥田時，看到一名約年十八、九歲，膚色白淨的姑娘，身上纏著唐縮緬友禪染的束衣帶，頭上披著手巾，在田裡工作。

「我邊走邊回頭看，抱持問了也是白問的心理準備，從檜笠底下挺出下巴，向她問道：『這一帶有沒有什麼有趣的地方？』

「那女子對我說：『有的。岸邊有產子石。是這一帶的名勝。』溫柔地告訴我這塊土地的傲人之處，還指著前方說：『從石階直直走，穿過田地中央後就能看到了。』

「『儘管那石頭是地方的名勝，但只有男人，一樣生不出孩子啊，小姐，妳說是吧！』我望著她被麥桿遮掩的島田髻，朗聲笑道。真是心術不正，說來慚愧。

「聽妳提到嘉吉的事，我感到一陣毛骨悚然，心想：『好在我沒發瘋。』

「而聽了黑門別墅的事情後，我聽得很入迷，心情為之一沉，發自內心地誦念佛號。

「今後在旅途中，就對這些年輕人誦念佛號吧。感覺躺在客棧的枕頭上合上眼後，會更鮮明地浮現這些人的身影，這樣我應該更能衷心為他們誦經念佛。

「老婆婆，謝謝妳告訴我這些事。妳當真稱得上是『善知識[23]』，我就算熬

23　也譯善友，在藏語原指良友、良師，在佛教中指能夠引導眾生離惡修善，入於佛法之人。

夜聽妳說故事也無妨。

「因為妳講得太投入，我也聽得很投入，所以剛才有四、五個人看著我們，就這樣路過，可能是怕打擾到我們吧。

「看起來像這附近的人。是一位腰間繫著包袱，腳下踩著草屐，下襬往上捲，拄著枴杖，滿頭白髮的老婆婆，看起來像是妳的老友，還出聲向妳叫喚。當時妳說得正投入，沒注意到對方，所以對方也就此離去。

「我當時也聽得正入迷，不想被打斷，所以也就裝不知道。

「妨礙妳店裡做生意，真的很抱歉。」

法師將扇子擺在膝上，雙手撐向兩旁，恭敬地行了一禮。

老婆婆重新左顧右盼。

「上人真是氣度非凡啊。感激不盡。」

她表現出無比景仰的態度。

「有句話實在難以啟齒，您看起來是位連在哪兒投宿都不確定的法師，要是我說到本家是村內首屈一指的富豪，您可能會說：『就去請對方供養吧。順便請他做這個，做那個。』而請本家布施……」

老婆婆直言不諱。

「本以為您會這麼說，但您卻坦白說出自己所犯的過錯，還說一路上要為人誦經念佛，急著趕路，直實無偽。

「連您這一路上頭髮變長的模樣，也反而更顯尊貴。請您直接到黑門的別墅去請他們供養吧。這麼一來，鶴谷先生不知道會有多高興。」

十六

鶴谷家的下人，綽號苦蟲的仁右衛門老爺子，就像頭上長角的鬼魂般，手裡拎著包袱，信步走在小河邊的草地上。

「我說宰八啊。」

「啥事。」

走在他身後的手殘蟹，穿著簡陋的草屐，就像張開雙腳擋在螃蟹同伴的洞穴上一樣，他同樣也背著一個染上白色的舞鶴紋，青草綠的大包袱，裡頭還裝了寢具，像極了戰國時代生民塗炭，為戰事所苦的逃難者。

「你遇上的那位——目前留在黑門裡的年輕人，他是在哪一帶撿到手毬的？」

「就快到了。對了，你要去的地方，有很多貓柳吧。」

「對。」

「就在那旁邊。形狀就像帽子外緣崩塌老舊的那個地方。」

可能是受這說話聲驚嚇，從樹葉後方飛出螢火蟲。但旋即混入天上的三、五顆星辰中，只看得到流經山邊的小河，透著淡淡的白。

這條河安靜無聲，像霞霧般，瀰漫著整個青田村。

「剛好就是這裡。」

宰八微微停步。由於前方可以望見黑門的森林，所以秋谷的黑夜從這裡開始會變得更加黑暗，才剛這麼想，前方馬上出現模糊的影子，朝他們腳下靠近，籠罩在河堤低矮的草地上，當一個人停步，頓時眾人也跟著停步。

宰八背後走出另一個人。這名拄著手杖跟在他身後的紳士，是村裡學校的教師。

「一位陌生的旅行書生，躺在他放地上的行李上，弓著手臂，在草地上往兩旁伸直雙腳，而那一帶不是朝河面開了許多淡白色的花朵嗎？模樣就像白鷺的肉冠般，白天仔細一看，原來是粉紅色的小花，那不是魁蒿，是什麼呢？」

「應該是石竹吧。」

「那算是石竹屬的一種，叫作金盞花。」

教師端正站好，以手杖轉了一圈後，發出「噗通」一聲。

「嚇！你不用嚇牠啦。剛才那是青蛙。」

「那青蛙……不，我是說金盞花。他摘那花不知道要做什麼，而且還握了一束在手中。他並不是要拿在手中欣賞。他眨著那漂亮聰慧的眼睛，望向在河面上的天空閃著藍光的星辰，一副像在和人交談的模樣。

「他腳下穿著草鞋，所以不是當地人。當時我已走進店內，和我家老婆子正準備以賣剩的濃茶茶渣泡茶泡飯湊合著一餐，我對他說：『你要是迷路的話，我告訴你怎麼走吧！』就此來到他背後瞧，等了一會兒……

「他突然站起身說道：『老爺子，你看那個。』」

這時，宰八趨身湊向河面，背後的包巾布倒映在水中。

「男子說：『手毬，手毬漂在水面上，流過來了，你幫我撿，我會答謝你的。』

「仔細一看，原來是一顆渾圓的手毬，看起來宛如一束金盞花，像夕陽餘暉般拖著長長的影子，也沒冒泡，一路漂流過來。

「『錢的事姑且不談，但我不想弄溼雙腳。』這句話我根本還沒來得及對他說。

「男子突然一把撩起衣服下襬，噗通一聲就跳進河裡。

「這河水的流速並不快，就算我們兩人花兩刻鐘的時間爭論，它也不會馬上流到面前，但外地人不明白。男子就像要抓住閃電般，慌慌張張地在水裡朝手毬追去，激起嘩啦嘩啦的水聲，河水在他的拍打下一陣翻湧，手毬就此繞了一圈，這不就靠向岸邊了嗎？

「『真有你的！好一個急驚風。你真那麼想要的話，我可以幫你想辦法，折一根柳枝把它撈過來。你瞧你，在旅行途中，把自己的衣服全弄溼了！』我叨念了他幾句後，發出『嗨咻』一聲蹲下身，想撿起那漂向河岸邊的手毬。

「雖是這樣的小河，但只要水面蕩漾，一樣會激起浪花，如果不弄溼身子，是撿不到蠑螺的，就是這個道理。我手一伸，手毬又被河水帶走，一樣處在河水中央，那個人走過去要拿……事情就這樣發生了，仁右衛門、老師，請你們聽好了。」

隔著包覆寢具包袱的黃色包巾布，宰八暗紅色的頭巾轉了過來。

「可怕的是……撿起手毬一看，它底下竟然有一隻貓啊。」

十七

教師面露苦笑。

「自從嘉吉發瘋後，你就常這樣信口胡謅。雖然你常會談到一些怪人，講得好像是你的熟識般，不過，這次說到會潛水的貓，跟妖貓怪談似地，這倒是從沒聽你提過。」

「這是當然，你這個人也真是不明事理。不管是會在天上飛，還是在水中游，只要是隻活貓，這秋谷裡的貓我全都認得。雖然也沒什麼好排斥的，不過，當時泡在水裡的那隻貓，全身的毛變得鬆垮垮，前腳的腋下處完全脫毛，露出底下的皮膚。是一具瘦得只剩皮包骨的屍體。」

教師一臉不悅地說道：

「搞什麼，原來是屍體啊。」

「『搞什麼，原來是屍體啊。』瞧你說得輕巧，但正因為是屍體，才教人感到排斥啊。牠睜著一對凹陷的眼睛。那個人拿起手毬後，貓身上的花斑一陣晃動，就此露出牠的肚皮，眼睛陡然一亮。牠四周冒出許多骯髒的灰色氣泡，汙濁地漂了過來，緊貼著水面——那男子則是爬上岸，將溼到腰部的衣服擰乾後，脫下帽子，讓帽底朝天，把手毬放進帽中。我站在旁邊看，發現那夾雜了紫色線和黃色線的五色手毬，其實並未溼透。」

「我說宰八啊。」

「什麼事。」

仁右衛門沉聲道：

「那顆手毬後來怎麼處理？」

「可能現在還是由那名學生持有吧。」

那位教師再度從背後插話道。

「它突然消失。就像在夢裡撿到錢一樣。嘿嘿嘿。」

宰八發出怪異的笑聲。

「哼。」

苦蟲苦著一張臉，開始邁步前行。

「你又來了，淨是胡扯。我看它八成就像肥皂泡泡一樣，一下子從你面前消失吧，真是不可思議啊。」

「不，不對！」

宰八緊跟在仁右衛門後頭說道。

「那個人對我說：『老爺子，這個村子現在還有人會玩手毬嗎？』於是我反問：『為什麼這樣問？』

「他就此回道：『孩童們以溫柔的嗓音、令人懷念的曲調，唱著這麼一首歌：

這是何處的小徑，

秋谷宅邸的小徑』

他說孩子們那是『溫柔的聲音、令人懷念的聲音』，還問說：『有人會玩手毬嗎？』

我本想告訴他：『說這什麼話呀，你說的是那群臉上戴著芋頭葉的小鬼。』但旋即心想：『等等，這樣就太不識趣了。自己說出村裡的祕密，在外人面前丟臉，這可不是明智之舉。』於是回答道：『也沒什麼啦，學校只會練體操。用湯杓撈起球當飛毽子玩，才不會玩手毬呢！』在老師面前這樣說，有點難為情，不過當時我擺出了高姿態。」

「說什麼飛毽子，真丟人。那叫網球，就說網球不就得了。」

「對哦……我原本還以為是西洋的雀舞[24]呢。算了，都一樣。」

「才不一樣呢。」教師吐了口唾沫。

「那名年輕人問：『不過，還真是耐人尋味呢，這到底是誰玩的手毬呢。』

「我完全猜不出來，不過，我看水就像瀑布一樣不斷從他袖子流出，心想，得幫他仔細想想這個問題才行，就此拿起那顆手毬細看。」

宰八晃了一下他背後的黃包巾布。

「雖然手毬沒溼，但入手冰涼，當時我這隻不能動的手剛好縮著。」

「嘿嘿。」宰八自己覺得好笑。

「我用能動的這隻手，高高地舉起手毬，照向即將落入海中的太陽，以及掛在黑門森林上空的月亮中央。

「這可不是肥皂泡泡。那渾圓的手毬，影子落在草地上。」

「那又怎麼會消失不見啊，傻蛋！」

教師因為一時用力過猛，往後倒的手杖前端噗的一聲卡在螃蟹挖的洞中，他皺起眉頭，拔出手杖後往後一躍。

「你聽我慢慢說嘛。

「這和評鑑玉味噌的好壞是不一樣的，不管我再怎麼努力想，還是看不出這東西出自哪裡。

「這時那名年輕人說道：『金盞花的影子落向那宛如霞霧般的小河上，而且遠遠地聽到唱著和小徑有關的歌，這時就看到手毬浮在河面上……我四處旅行了

24　日本的一種傳統民俗舞蹈，戴著斗笠，模仿麻雀的動作跳舞。

三、五年，但從未見過這麼教人開心的村落。』他看起來很開心，彷彿就連溼衣上滴落的水珠，也像是從身上掉出的珠玉般。」

十八

「他還對我說：『老爺子，能知道這上頭誰是這手毬的主人，並和對方見面，這是我最大的心願，我在野外露宿，四處雲遊，就是為了這個目的。』他這樣誇我們村子，實在無法討厭他，而且他這麼感興趣的東西，我要是只回一句『不知道』，就這樣扔下他不管，心裡也過意不去。

「因此，我蹲在草地上，對他說了一句『有件事說了你可能不相信』，就此將嘉吉得到一顆綠色寶珠的事……」

宰八沉默了一會兒。

「……就將那事全告訴了他。在老師你面前說這話，你可別見怪，你剛才說『淨是胡扯』，打從一開始就很輕視的那名年輕人，在聽了之後，望著天空青色的星星說道：『噢，那顆看起來像寶珠的東西，想必也是像星星一樣的手毬吧。』毫無半點懷疑之色。於是我又對他說：『這樣的話，我還有件事要告訴你。』順便連黑門那座沒人住的宅邸發生的事也告訴了他。

「『這條河可能就是流經那座宅邸的庭院或是後方吧。』我趨身向前對他說道：『這條河流就像你所看到的……』」

那條河現在仍是同樣的樣貌。——流出屋子，在微微包覆屋簷的紫煙下環繞一圈，接著從低垂籠罩後山山麓的灰色煙靄間穿過。順著高高低低的青田，以及凹凸不平的山麓，這一捆柔軟的布，因朝霞而成為一條白色的手巾，因晚霞而成為暗紅色的衣領、束衣帶、腰帶，最後化為芒草的衣裳，現在也一樣，流經村子外郊的山谷入口，從神社的下方一帶，漸漸流入產子石的海濱，就此消失，沒流入任何地方。由於河水入口帶有鹹味，想必是摻雜了海水。河川下游隱沒於草叢中，神社淨手臺在獻燈時用到的和歌第一句，寫著「此河名霞川」，不過一般都稱之為「湯川」。

似乎是從混雜在霞霧與煙靄間，總是瀰漫著白茫水氣的地方，傳出這樣的慣用稱呼。

那輕煙，那煙靄，尤其是夕陽染紅的遠方許多地方，還有遠處的松樹樹梢，近處的柳樹下，也都是這河水徘徊之處。前方有一座農田阻隔，縱向升起寬闊的水氣，因為煙靄明顯比其地地方更濃，而在森林的幽暗中朦朧地浮現出地勢較高的基石，這就是鶴谷的別墅——黑門。

三人一路朝那裡走去。

他們所走的河岸，河寬將近一間，但來到鶴谷主宅一帶則寬約三間[25]，下游已隱沒在濡溼的草叢中。

他們一路溯河而上來到這裡，途中必須得通過一座橋。

在來到神社前，三崎幹道有一座橋，村裡也有一座橋。他們剛剛才通過，從這裡看得到的那座村裡的橋，上頭有鶴谷加設的欄干，由於河水涓涓，相當寧靜，感覺就像是用來增添風情。這座橋看起來宛如從青山架向煙靄瀰漫的山麓，

25 「間」為日本古代長度單位，一間約一八〇公分，三間則約五公尺半。

也像是從低矮的河堤茅屋，往茅屋屋簷橫架的梯子。看起來也猶如某棟大房子怪異地架起長長的迴廊。

隔著青田，也隱隱可以望見幾盞若隱若現的燈火。下游的遠方，稻草屋頂的房子一路相連，映照在海面上的天空依舊明亮。——愈往上游深處走，愈能看到鋪著茅草屋頂，宛如蓑蛾的巢一般的小屋，而且數量愈來愈少，從三家、兩家，最後只剩一家，窗戶沒有燈光射出，只有離開水面的細長炊煙，像在海外呼救的白旗般，隨風搖擺。大海這邊天黑得晚，很早就亮燈，山腳這邊則天黑得早，似乎很晚才亮燈。

只要拉動驅鳥響板，就能通知遠近的人們。儘管房子之間隔著距離，或是隔著河，依舊能對望，但黑門的別墅坐落於遠離塵囂的森林中，就單獨一間屋子，像隻大蜘蛛般，張著腳跨向四方，它的暗影不斷向前蜿蜒。

儘管月亮高掛在房子上空……

樹林裡的暗夜已落向走在前頭的仁右衛門肩上。不同於外表看到的長度，這條像腰帶鬆弛的平緩河岸道路，離主宅約八町之遠[26]。

宰八接著道：

「……我對他說：『這條河是從黑門外圍流過來的，不可能會從無人的房子裡掉出手毬。而且還帶有一隻死貓，或許是有人帶到那裡丟棄。畢竟那是一處荒草漫漫的地方』。」

26 約八百公尺。

十九

「接著，那名年輕人和我商量道：『我可以向黑門那棟空屋租一間房來住嗎？我想自己開伙，暫時讓旅途的疲憊能得到休養。』

「我說老師。

「你之前說：『我現在的住處，隔壁的太太生了個小鬼，整天哭個不停，吵死人了，有沒有哪裡有房間出租啊？』當時我跟你說：『如果是這樣，住黑門如何？』你回了一句『這個嘛……』猶豫許久。」

宰八突然來這麼一句，教師雖然有點意外，但還是一副『你終究還是說了』的模樣，將手杖夾在腋下應道：

「到學校通勤，那裡地理環境不好，而且路途太遠，沒辦法，我只好作罷。」

「我看是你早上都太晚起床吧。」

話不多的仁右衛門也開口說道。

教師就像在開導般解釋道：

「首先是水質不好。那青綠色的水，就像草汁一樣，教人怎麼喝？」

「會嗎——先不管這個了。我當時向他提醒道：『那間荒屋，就算我拜託人們白天前去打掃，也沒人肯去。現在你說想住那兒，要是你就此住下，哪怕是只有一間房也好，有人能清除屋頂的雜草，房子不會就此荒廢腐朽，這就已經是求之不得的事了。本家的老爺應該也會很高興，不過，那不是一棟普通的屋子。既然你要走進黑門，就要做好心理準備，可以嗎？』那名年輕人聽了之後，態度平靜地應道：『哎呀，我早就做好這樣的心理準備了』。

「仁右衛門，我可一點都沒大意哦，我心裡想：『這就怪了，有這等膽識，如果是盜賊的話，肯定也是頭目層級的身分。』」

「沒錯。」

「這是剛才我提到，那名年輕人穿著衣服直接跳進河中撿那顆手毬時發生的事。可能是因為他拜託我幫忙，我卻什麼也沒做，心生愧疚吧，於是我向他吼道：『你還在旅途中，把衣服弄成這樣，那可怎麼辦啊。如果你沒趕著撿手毬的話，也就不會弄溼了，但現在這模樣就像遇上雷陣雨似的。』

「『我還有一件衣服……』

「年輕人如此說道，這一定是在逞強，絕對是在逞強。他一臉尷尬，就像是不想糟蹋別人的關心，而刻意編了個藉口，我瞪視著他，唉，就此覺得很欣賞他。

「一個令人佩服、善良、可愛的人。如果是這樣，就算幫他這個忙，應該也不會有什麼問題。首先，像他這麼一個白白淨淨的人，就算妖……我說仁右衛門啊。」

「何事？」

「天色變暗了。」

「已經酉時了。」

「哦，南無阿彌陀佛，黑門前面想必已是一片黑暗。」

「放心，今天有月光。」

教師望著天空。

「我說，那顆手毬後來去哪兒了？」

「那個啊，你仔細聽我說。那位客人長得一副可愛的樣子，妖……」

宰八話說到一半，來到河邊長滿青色芒草，並有一叢雜樹的農田前，正當他弓著背走到一半時，可能是吸入田野邊的霧靄，突然打了個噴嚏。

「哈啾！」

他打了個寒顫，就此停步。

「因為沒風，結了好厚的蜘蛛網。仁右衛門，你走前面竟然都沒都事。」

「蜘蛛網？別說蜘蛛網了，我剛才還抓了一隻從樹枝上爬下來的大蜘蛛呢。」

「嚇！」

「要是連著七天無風，牠就會把全世界的人都給吸乾。不過曬上半天後，就變成這副德行了。」

仁右衛門就像是要撬開自己緊握的手掌般，張開手，宰八戰戰兢兢地往他手中窺望。

「搞什麼嘛，這不是螃蟹嗎？」

仁右衛門將那東西丟進水裡，發出噗通一聲。

在後面將手杖甩得跟水車一樣的教師說道：

「你讓大蛇溜走了。」

他精力百倍地高聲唱道。

「立馬見一尾大蛇攔路，正欲拔劍斬之，才知原來是老松樹影！」

「喂，小聲一點……就快到了。」

仁右衛門一本正經地出聲制止。

「喂，那顆手毬到底是怎麼消失的。拖拖拉拉的，真是急死人了。」

「那個啊。簡單來說，我看那個人的樣子，心想，就算妖怪舔了他的臉，想必也不會說要朝他頭撒鹽吃了他，所以我才帶他去黑門。仁右衛門，你也知道的，今天剛好我家老太婆負責張羅讓那位法師留下來過夜，所以我才從本家那裡背了寢具過來，這是我第二趟去。」

二十

「帶那位書生去的時候，主宅的老爺開心極了，還對他說：『會喝酒嗎？先將晚餐裝進多層飯盒裡，入夜後，可以烤年糕來當茶點，熱茶也用陶壺裝好帶去吧！』所以我才背著一個包袱和一袋寢具過去。

當時我對那位書生問候道：『這位客人，剛才多所失禮了……主宅那邊也請您多多指教。您周邊的生活用品之類的，我明天給您送去。就以這餐代替便當吧。另外熱茶和寢具，也幫您準備好了。請好好安歇。』不過當時他已換上浴衣，坐向燭臺旁……說到那燭臺，仁右衛門和我不時都會去巡視，每次房門全都緊閉，就算白天也一樣漆黑，所以事先擺在重要的地方上……先前替他帶路時，因為也即將天黑，所以就先把燭臺點亮。我見他偏著頭，盤起雙臂，坐在燭火旁，覺得有點擔心。

「我問他：『您怎麼了嗎？』

「他回答：『是這裡！』。」

宰八突然加重語氣說道。

「喂，怎麼了？」教師向後退了一步。宰八不予理會。

「那顆手毬消失了。因為那名年輕人說：『我確實是放在這裡，但它消失了。』

「『喂，這麼快就發生怪事啦！』我感到一陣腿軟，急忙抓住緣廊……接著我問他，是怎麼不見的。

年輕人說：『有東西撞向屋頂，發出咚咚咚三聲……好像是有大石頭落下，我大吃一驚，抬頭仰望天花板，結果從那裡……』。仁右衛門，那是西邊的淨手臺前面，十張榻榻米大的那個房間角落。之前大掃除檢查時，一名巡警架了梯子，點了一盞煤氣燈，爬上閣樓查看時，他的佩刀突然刀鞘上揚，整個倒了過來，就此出鞘落下，擊中人在底下的烏龍麵老闆那張大臉，鼻梁掛了彩，天花板有塊板子脫落。

「就從那裡冒出一隻花貓，頭下腳上地跳了下來。和河裡的那隻死貓同樣花色，那名年輕客人說：『我正感到意外時，那隻貓已跑向緣廊。』我不自主地退向一旁。年輕人接著說：『那隻貓跳向庭院，躲在茫茫荒草中，我急忙走出紙門外查看，就在這時，原本擺在壁龕處的那顆手毬，突然就消失不見了。』……對，就是這麼回事。」

「哪知道是消失，還是遺失啊？」

「就是不知道，所以才奇怪啊。」

「這一點都不奇怪。因為在有學校的土地上，沒有什麼是不思議的事。」

「可是那隻貓……。」

「那也是啊，還不知道那究竟是貓，是黃鼠狼，還是老鼠呢。這裡地處森林中，搞不好還會有兔子。」

「你說的搞不好，又是什麼情況呢。」

「所以我才說今晚要去一探究竟啊。」

「是，那就有勞您了。過去提到這種事，村裡都沒人肯去呢，你說是吧，仁右衛門。」

仁右衛門沉默不語。

「去了那裡，會感到頭暈目眩。」

「笨蛋。」

教師以不悅的口吻咕噥道。

不服輸的宰八，立起他的紅色的大螯。

「你也是啊，不論是笨蛋、仁右衛門，還是法師，在人特別多的今晚，真虧你肯來。之前你從沒說過要一起去那裡看看。」

「這是當然。我哪能把學校的事擱在一旁，陪你們幹這種無聊事啊。因為今天休假，所以我當運動，順便跟過來看看。」

「嘿，我看你啊，就算是只有榻榻米彈起來的小震動，你也會整個人被彈飛出去。」

「你說什麼？」

「我雖然膽小，但這種事可見多了，可以處之泰然。但為什麼你……」

「宰八。」

傳來仁右衛門陰沉的聲音。

「怎樣。」

「你自己不也完全站在對方那邊嗎？感覺就像是那個怪人的同夥一樣。就算不是這樣，感覺也像是被什麼沉重的東西給壓制住似的。」

仁右衛門嘆了口氣說道。就像是要封閉這個俗世般的黑門基石，霧靄密布，從對面向外擴散開來，而就在他一腳踩進昏暗的草地，整個人被吸入樹叢裡的同時，仁右衛門大叫了一聲「哇」。

二十一

「第一個晚上，就只是那顆手毬消失不見，沒發生其他怪事嗎？」

雲遊僧小次郎法師將僧袍的衣袖靠在一起。

打開紙門，在緣廊邊與法師迎面而坐的，是一名年輕人，也就是黑門的那位客人。

紙門也比一般來得寬廣，需要抬頭仰望的挑高天花板，雖然沒留下血色的腳印，但要是下雨漏水，恐怕會化為墨汁淌落，這房子就是這般老舊。就像在大寺院的牆壁上可以看見的一樣，下雨漏水的水痕形成了畫像，淡墨色的牆上宛如浮現強風吹拂下的衣袖皺痕，留下水漬，看起來如同戴著一頂饅頭形狀的斗笠。雖然沒有可看出長相的五官，但那頂斗笠位於門楣上，猶如從空中俯瞰榻榻米般。

想必是因為漏雨備感寂寥，牆壁渴望有斗笠可戴，這樣的想法就此顯現吧——由於這山中魍魎無比巨大，就像是這個房間的主人般，月光宛如鱗片從樹叢間灑落，而坐在寬大的緣廊門檻邊，與年輕人迎面而坐的雲遊僧呈現的模樣，看起來則像嵌在玻璃紙門上的歌留多圖案。

「其實是這樣的……。」

留在黑門暫住的年輕客人，在沒點火的抽菸工具組上方，點燃火柴，靜靜地抽了口菸，菸頭的火映照在他白皙的臉頰上，室內的昏暗令他那兩道長眉烏黑地浮現。——室內擺著一盞座燈。

「在那之前還發生了一件怪事。說出來，大家都會擔心，所以就算是對那位叫宰八的老爺子……」

「哦，手殘的宰八對吧。」

「沒錯。就算是對那位老爺子，我也一樣沒說手毬和貓一起消失前發生的事。

「我先到這棟老宅邸坐，老爺子則是說他要去本家一趟。黃昏時分，只有我一個人在此。就算這裡會像客棧一樣，有侍女前來安排我洗澡、等我洗好後，就端出飯菜，然後鋪床、睡覺，一切安排得妥妥當當，但這種旅途中的臨時居所，還是無法住得安心……而且也不知道本家是否肯同意出借此處供我住宿。就連我仰賴的這位老爺子，我和他也只是旅行途中在外地的田埂第一次見面。雖然我抱持這樣的期望，但說到這棟房子，就像是鋪了榻榻米的『八幡不知森[27]』。

「首先，我完全不知道這屋子是何種格局。光是站在屋子正中央四處張望，甚至連剛才走進的出口在哪兒也都快分不清了。

「說得誇大一點，萬一有什麼事發生時，根本無路可逃。正因為現在是夏天，還有辦法分辨物體的顏色，但現在已經天黑，大師，我在來到黑門之前，一直都是好天氣，但當時屋頂突然下起令人大為吃驚的傾盆大雨。那其實是覆蓋這棟房子的櫸樹落葉。我知道後，還是一直很在意，不時從緣廊往外探頭，隔著庭樹間的縫隙張望。」

年輕人雙肩垂落，仰頭望向屋簷旁的天空。

「外頭果然是朗朗雲天……就像今晚一樣。」

「這麼說來……。」

雲遊僧就像祖先們第一次看到富士山的時候一樣，抬頭仰望天花板。

「這不時傳出的嘩啦嘩啦聲，是樹葉？」

「您請看，因為是這種幾乎都快有星辰掉落的好天氣。」

「原來如此。每次聽到聲音，就會覺得冷意直透體內，難怪會以為是下雨了。」

「如果您覺得冷，那我把門關上吧。」

「不，俗話說『春宵一刻值千金，夏蚊折為五百兩』，像這樣的夏夜，值千金以上。門敞開著，反而感覺比較舒暢。」

法師望向年輕人的臉龐。

「不過，當時您想必覺得很寂寞吧。」

「大師，老實說，我深深感受到自己與故鄉相隔千里之遙。『故鄉就在遙遠

27 相傳千葉縣市川市的八幡竹林，只要走入林中便再也走不出來。

的彼端』，白天行經三崎幹道時，我也不是沒這麼想過，不過，在特別的場所和時間下，會覺得故鄉尤為遙遠。」

「請恕我冒昧一問，您來自哪個藩國？」

「我來自豐前國的小倉藩，敝姓葉越。」

此人姓「葉越」，單名一個「明」字。

「哦，可真遠呢。」

法師重新望向年輕人，這時他感覺自己就像遙望著大海。旅途的憔悴壓著年輕人的衣袖，甚至顯現在單衣的橫條紋上。

「大師您呢？」

「抱歉，這麼晚才說。我家住信州松本，是位於山村的一戶人家。」

「那麼，我們兩人就能聊和山海有關的故事了。」

明給人的感覺既溫柔，又容易親近。

二十二

「這真是不思議的緣分，令人高興，因為之前一直都聊不上話。不過，現在聽你這麼說，對我而言，真是再好不過了。」

法師態度相當客氣。

明微微低頭。他將清瘦的下巴周邊的衣襟兜攏。

「說到那件事，其實還是弄不明白，連要在大師面前說都令人覺得難為情。」

「沒這回事。我聽茶店的老婆婆說，這座宅邸有東西附身，並請我迴向給那些抑鬱而終的年輕亡魂。當時她談到了您的事。她對您說：『您似乎有什麼覺悟，一直靜靜地忍耐，但可能是因為怪事一再發生，臉色一天比一天差。』但您回答：『是庭院柿子樹的闊葉映襯的緣故，才會看起來臉色蒼白，妳不必放在心上。』但您的身體看起來也很虛弱，所以那對老夫婦更加擔心了。

「她還很仔細地向我吩咐道：『白天時，宰八或其他人不時會過去探望他，但最近因為感到害怕，甚至連探望的次數都變少了，所以請代為探望一下他吧！』聽說起初因為您在此居住，為了替您壯膽，村裡有三、五名血氣正盛的年輕人，帶上宵夜吃的小菜，手裡拎著一升裝的酒壺，來當您夜裡聊天的對象。但後來漸漸不太平靜，一些有本領的人，帶著刀械和火槍前來，朝陷阱設下炸老鼠[28]當誘餌，深夜時分一邊喝酒一邊緊盯著庭樹瞧？——

「老婆婆是這樣說的。」

「我不會喝酒，沒辦法陪他們喝，所以常是在蚊帳裡看著他們圍成一個圓圈而坐，就這樣睡著。有一段時間相當熱鬧。

「他們就這樣輪流前來，持續了約十天左右，每次都來三、四個人，但最近突然都沒人來了。」

「聽說就是這樣。對，當時村民輪流前來時，發生了怪事。」

法師說到一半，轉頭望向隔門。與隔壁房間區隔的兩扇隔門，像高山一樣聳立在座燈左右兩側，燈光無法照向鄰藩。

法師一副有事牽掛懸心的模樣，接著他朝脖子使勁，態度堅定地轉頭面向年輕人。

「那個詭異之物也改變手法向人展開威嚇。——聽說……榻榻米會自己掀起來，真有此事嗎？」

法師靜靜注視著對方問道，年輕人再次低下頭。

「所以我才說這事說來難為情，而且弄不明白。」

「哈哈。」

法師胸膛往內收，一副鬆了口氣的模樣，放聲大笑。

「我猜也是這樣。那麼，這只是村民們隨口說的百物語，其實根本是胡謅對吧？」

28 據說是狐狸最愛吃的東西。

「不，確有此事。榻榻米真的會往上掀。或許現在也會動也說不定。」

「咦！這……」

法師不自主地以他從膝蓋上滑落的手拍打按壓地面，但這是製作得相當密實且牢固的上好榻榻米。

「這東西會動？」

「所以我才說這事弄不明白啊。」

年輕人平靜地說道，沉默了一會兒後，法師眨了眨眼。

「沒錯，這事確實弄不明白。那麼，那麼，那些坐在這裡的人有什麼反應？」

「只要別慌亂，保持安靜，就不會有事。因為榻榻米雖然動了，但既沒倒立，也沒翻面。」

「的確，真發生那種事的話，人們就會被拋到緣廊底下去了。」

「說得對。真有那麼一天，就得先在腳底抹好膠，黏在榻榻米上不可。」

「儘管我告訴他們，不會有事的，大家別慌亂，但村民們根本不聽，結果這榻榻米的接縫處……」

年輕人手撐在地上，一直滑動著他的手掌。

「一開始邊緣裂開，裂成長三角形、小四方形，一會兒相互摩擦，一會兒分離。動作之迅速，如同閃電一般。

「眾人看了，哇哇大叫，紛紛彈跳而起，有人大叫一聲『喝！』，踩穩地面，用雙手的拳頭用力壓住榻榻米，有人猛然拿起身旁的火筷或吹火竹筒，在空中一陣亂揮——當中有一、兩個人就此從緣廊衝出，拔腿就跑。」

二十三

「『咚隆、啪噠』，鬧得天翻地覆。隨著現場愈來愈吵鬧，榻榻米也發出『啪啦啪啦』的聲響，從四個邊角掀了起來。依序從兩個邊角往上掀，發出『咚、咚』的聲響，十張榻榻米就像一口氣從底下伸出十個拳頭般。村民們說『那手長滿了毛』、『哇，是女人的手臂』，不過那是因為榻榻米的邊角像翻面一樣，以目不暇給的速度翻動，才會看起來像那樣的畫面。

「這時，每個人都情緒激動，各自手腳並用，踢飛茶碗、踩翻酒壺，還有人大喊著『海嘯來啦』。

「在這樣的混亂中，也有人就此不小心受傷。有人只是一腳踩下被劃傷，但因為是在那樣的情況下，而以為自己被削去了一隻腳，就此躺在地上無法起身。

一位自稱是漁夫的人，說他獨自一人專程從海邊翻山越嶺而來，身懷不會輸給怪物的咒術，只見他以魔鬼魚的尾針充當護額，以手巾包好，當作頭巾，顯得氣勢十足，但一腳被酒碟的碎片刺穿後，直嚷著『痛死人了，這一定是妖怪的詛咒』，就此讓人背著離開。

「在這種情況下，燈火會有危險，於是我退向一旁，護著那盞油燈。

「坐在榻榻米上的人，其實並未在地板上劇烈搖晃，到幾欲翻覆的程度，證據就是我小心翼翼護著的這盞油燈，儘管處在翻動的榻榻米上，火光依舊平靜，一動也不動。

「不過，唯有這盞油燈，從燈罩開始整個轉動起來。過沒多久，它就像風車一樣飛快轉動，但因為場所沒變，所以轉眼間看起來就像火光化為一個圓圈，無比白亮，當中微帶青色，形狀模糊地定住不動。那亮光看了真不舒服。

「手在火光的照耀下，就像伸進水裡一樣，連彎曲的筋脈都顯得蒼白而透明，每個人的臉都透著黃色，猶如熟透的香瓜長出眼鼻。眾人面面相覷，屏住呼吸，這時，燈火輕飄飄地浮起，落向當晚帶領眾人前來，看起來最強悍的男子膝蓋上。

男子『哇』的大叫一聲，於是我在暗處向他喚道『太慌亂的話會受傷的』，但當中有人喊著：『是貓妖，快收拾牠！』就此衝向庭院，邊跑邊朗聲大喊。屋內則有人怒喝一聲『可惡』。大師，這時候已經不是危不危險的問題了。

突然間光線明亮，那盞油燈已恢復原本的模樣，燈光停在膝蓋上的那名男子——他也年紀不小了——說他以前當過水兵，拿出一把事先就準備好的鋒利小刀，直直刺向燈罩。」

「看來情況非同小可，嗯、嗯。」

「緊接著，他一口氣連同油壺也刺破，流了一地的煤油，往後兩天都令人傷透腦筋。

「當時幸好此人因為大肆破壞，以致手部受了傷，火就此熄滅，最後沒釀出什麼災禍，但就在眾人拿出為了『以防萬一』而事先準備的蠟燭，將它點燃，著手進行善後時，奇怪的是，剛才因為當事人受傷而掉落的那把小刀，已消失得無影無蹤。

「這太令人吃驚了。大師，這比起俗話說的放進鍋裡詛咒害人的半截蜥蜴尾巴消失不見，更加令人覺得不舒服。眾人紛紛說『會不會是跑到衣襟裡了？』、『難怪我覺得癢』『會不會刺進兜襠布裡？』、『難怪我覺得有股涼意』、『在衣袖裡嗎』、『在下襬處嗎』，眾人一會兒站、一會兒坐、一會解開衣帶。

「之前在大掃除檢查時，一名巡警架著梯子爬上天花板，當時他的佩刀突然整個倒了過來，可能是連接刀鍔處鬆弛，刀身就此出鞘掉落，割傷了站在底下的人，當時就是在這個房間。

「當中一名愛喝酒的老頭臉色凝重地說道：『刀子和其他東西不一樣，它特別危險，要仔細找出來。就連用針的時候也一樣，開始和結束時，數量都得核對一致。儘管如此，還是常會遺失，而掉落在榻榻米接縫處的針，會掉落地獄，長成地獄裡的山中草。地獄裡的餓鬼將被它刺穿。為了加以供養，每年六月一日，人稱「冰室的朔日」，年輕姑娘會聚在一起，用小鍋子玩家家酒，有時是受邀，有時是主動邀人一起玩。那把亮晃晃的小刀，現在不知是在緣廊底下、天花板，還是橫梁中的某處，這種事絕不能發生。就算花一整晚的時間也要找出來。』眾人聽了，就此全員展開搜尋。

「這事連我聽了也覺得心裡發毛。」

法師就只是以眼神回應，以眼神表示認同。

二十四

「光是油燈的燈火轉動一事，就已經足夠令眾人嚇破膽了，再加上原本認為很可靠的勇士也受了傷，剛才老先生那番話，聽了又令人覺得渾身不自在，而且夜已深沉。」

難保不會在某個情況下，從某個地方拋來那把小刀。對方似乎下手也懂得斟酌，或許是因為沒人犯下什麼大錯，罪不至死，姑且沒人送命，但倒是受了不少傷。

決定要找尋小刀後才發現，五個人只有一個燭臺。雖然有補充用的蠟燭，但如果一次全部點燃，恐怕無法一路撐到天明，所以不能分頭進行。

這麼一來，大家都不想單獨自己一個人走在前面，於是便由我帶頭，眾人都跟在我身後。那天晚上，他們裡頭有一位悟道的僧人，說他是鶴谷家菩提寺裡的一名小僧。他說：『會有妖怪出現，由我來喝斥它。』一整晚都顯得意氣昂揚。說起來算是您的同行。」

「不，我們宗派不同。」

法師似乎感到吃驚，莞爾一笑。

「從前方轉角處一直到盡頭處的廁所，形成一處環狀緣廊。包含那位僧人在內的那群人沿著它走，將兩側的防雨門全部打開，往踏腳石周邊以及緣廊底下窺望，為了謹慎起見，還折返往廁所裡探尋，但會發光的東西一樣也沒有，就連燈罩的碎片也沒看到。

「『那就看下一個房間吧。』……」

年輕的客人轉頭指向那巨大的隔門。

「大家都這麼說，於是我出言阻止他們。

「『我雖然在這裡只租了一間房，但已經很寬敞了，所以來這裡之後，我還沒看過隔壁房間長怎樣。這時候不能隨便打開。從走廊到廁所這段路，入夜後便一直有人行走。難保不會在剛才慌亂時，不自覺地帶過來立在這裡，或是掉落，雖然剛才為了謹慎起見而找尋過，但如果小刀跑到隔壁房間去，那應該是有人將它藏在那裡，所以就算真的在那裡，對方如果有意，可能會讓我們受傷。相反的，如果沒找到的話，還是會覺得不滿意，一樣的道理。但如果要查看壁櫥、看層架、查看天花板、拆除地板，就算幾十個人合力，要將這麼氣派的房子從頭到尾搜遍每個角落，一樣不可能辦到。只要針對有人曾經走過，有可能掉落的地方搜尋就行了吧——』

「大家聽了之後也應道：『說得也是，如果真的是妖魔藏了起來，不管是在山裡，還是河裡，我們也無從得知。』

「大家心想，此事不是我們人力所能及，就此放棄，不過，情況還是一樣危險。不知道什麼時候刀尖會掉落下來。大家都想找個能抵擋的東西。接著就像說好似地，陸續走進我吊好的蚊帳內，一共六個人，就這樣屈身而坐，模樣就像在說：『抱歉，我先進來了。』

「感覺如在等候發落般，令人心裡發毛。話雖如此，也沒人想在這三更半夜往外逃，大家就這樣全身發抖，臉趴在膝上，當中有個人還就此睡著，就屬他最厲害。那位法師則是口中念念有詞。

「我在蚊子的嗡嗡聲中，聽著他那宛如舌頭打結般，感覺很不牢靠的聲音，正感到昏昏欲睡時，有個人偷偷將我搖醒，向我問道：『你聽到了嗎？』

「他湊向我耳畔低語：『是有人在說話的聲音，說著在這裡、在這裡。』接著又陸續告訴了別人。

「他們竊竊私語道：『那應該是在告訴我們，遺失的東西在這裡。』『是這樣嗎？』

「我豎耳細聽，發現有個聲響像是來自蚊帳外的紙門，像是走廊的防雨門，像是與隔壁房間做區隔的隔門……也像是來自屋柱底下，發出卡嗞卡嗞的聲響——聽起來也像是嚙蟲的聲音、牆壁裡蝙蝠的叫聲，或是緣廊底下蟾蜍『嘓、嘓』的叫聲。大師，視感覺而定，那聲音既像是『這裡、這裡、這裡喲[29]』，也像是『嘓嘓』。

「因為是那位手上纏著繃帶的水兵自己遺失的，所以他率先走出蚊帳。

「『他想歸還你，這才告訴你在哪裡，所以不會有危險。』那名法師如此說道，也爬出蚊帳外，耳朵貼在榻榻米上靜靜細聽。這時，那名水兵朝房間正中央細聽，雙臂盤在胸前而立。他們似乎已看出了什麼，彼此以眼神示意，點了點頭。大師，就在您後方的位置。」

「咦！」

法師就像是隔著肩膀往深淵裡窺望般，移開座位轉頭望。

「原來如此。」

「朝向北方，打開那四扇角落的紙門一看，那把刀的刀柄立在溝槽上，刀尖靠在屋柱旁，不就在那兒嗎。」

29　日文的「ここ」（這裡），與「嘓嘓」的聲音很相近。

二十五

「因為實在很危險，所以從那之後，一律嚴禁帶刀械過來。

「要來這裡玩可以，晚上作伴聊天也很感謝，如果有狐狸或狸貓這類的東西作怪，就順便收拾牠們，這也合情合理，但不只限於武士刀、小刀、切肉刀等刀子，像長槍、火槍這類的東西一概都不歡迎。

「我也經歷過漫長的旅行，抱持著不管是怎樣的地方，我也都能靠雙腳走完它的想法。就算萬一遇上什麼事，而投身倒地，我也不怕，因為我隨身都帶著一把護身用的短刀——這是家母留給我當紀念的遺物，像翻越山嶺的途中遇上日暮時，多虧有它，總令我壯膽不少，不過，為了謹慎起見，我都是用桐油紙包好，再以包巾包覆，打上結，仔細封好。」

「它同樣自己出鞘，是嗎？」

「不，它沒什麼異狀。俗話說，就算是小偷，也不會擅自解開有封印之物。不過，那些帶來收拾妖怪用的刀刃，如果不是人們自己拔刀出鞘，似乎也不會有任何異狀發生。而且大師，引發那場風波時，最教人在意的就屬那盞油燈了，所以我告訴了宰八老爺子，就此更換座燈。」

「然後呢？座燈沒發生什麼事吧？」

「它也飛了起來。」

「飛向空中嗎？」

這時，年輕人那朝下的手伸向座燈的底盤，阻隔了光線，他的手顯得特別白皙。

「它像這樣飛離榻榻米。」

「哦。」

法師如此應道，心想：『經過明的手這麼一遮，燈火不就會變暗嗎？』露出擔心的眼神。

「我伸手搭向它，用力壓住，想讓它留在原地別動，卻因為一時用力過猛，灑出了燈油，翻倒整個臺座。但只要別去碰它，靜靜地按兵不動，它就又重新回到原位，接著也天亮了。這座燈還一度貼向天花板。」

「天……天花板？」

「因為底下就吊著蚊帳，所以我明知這麼做不好，卻還是急急忙忙從躺著的地方爬起身，不小心就這麼隔著蚊帳伸出手，想按住那垂吊而下，搖搖晃晃的座燈臺座，這時，就像有人一把將它提起似地，它越過門框上的橫木，鑽進了天花板上頭，完好地坐立在閣樓裡。可以看到層層堆積的黑灰，讓人覺得『這難不成是成堆的老鼠屎』，也能遠遠望見閣樓裡交錯重疊的屋柱形狀。

「我猛然發現，『奇怪，既然可以看見閣樓，表示應該有某處天花板脫落才對。』但實際上，木框並未有鬆弛的現象。

「不知道它是否直接穿透木板，但這實在太奇怪了，大師。

「這時候如果內心保持平靜，接下來就什麼事也沒有。座燈在蚊帳外，從入夜後，便一直完好地擺在原地，紙門上的紙隱隱發白，這是因為防雨門外已經天明。」

「那天晚上，就您一個人？」

「就我一個人，而且是前天晚上的事。」

「前天晚上？」

法師不自主地又是一驚。

「這話怎麼說？那天晚上陪你聊天的人，應該是吃夠了苦頭，不敢再來了吧。」

「請等一下，發生那場西瓜風波的晚上，我記得是在那之後。

「其實也沒什麼，只是件很無聊的小事，但確實也令人傷透腦筋。

「我記得當時是來了三名年輕人。一樣是自己帶酒來。看起來準備充分，可不光只是一邊啃著魷魚乾，一邊以碗裝冷酒喝而已。

「他們說道：『像這樣的好天氣，這魚不夠一個晚上吃呢！』就此從竹皮的包裹裡取出烤魚板來。

「真的很可口，我也跟著一起吃。」

年輕人一副從容不迫的模樣。

「那天晚上原本什麼事也沒發生。眾人喝得微醺，天南地北地閒聊。『連一隻蝗蟲都沒飛來。對了，連一隻蚊子也沒有，想必都成了那隻妖怪的食物。話說回來，多小家子氣的食物啊！』『不不不，大海裡的老大，反而都淨是吃小東西。你們看鯨魚，吃的是沙丁魚。』他們像這樣大放厥詞，精力旺盛，但過沒多久，酒已即將喝盡，夜色也更濃了。

「『像這種時候，原本應該要喝茶才對，但喝茶的話，感覺像是愛講道理的人，這樣妖魔會有可乘之機。我有個醒酒的好東西。』當中有人從緣廊滾出一顆西瓜來。詢問後得知，是來這裡的路上，從田裡偷摘來的——這麼一來，不就給了妖魔可乘之機嗎？」

二十六

「接著，一名體格高大，宛如相撲力士，渾身肌肉賁張的年輕人說道：『看我的厲害，管牠是狐狸，還是狸貓，我都會給牠們好看！』他知道這裡禁止帶刀械，所以沒帶小刀，而是用拳頭打向那顆西瓜……。」

但他選錯了地方。

「就在前一天晚上，發出『這裡、這裡』的聲音，歸還那把小刀的同一處地方，男子將西瓜掛在門框的橫木下，靠向屋柱擺好，高高地掄起手臂。

「接著啪的一拳擊落。這時，從廚房的方向傳來像是二、三十個煤油罐相撞般的巨大聲響。

「由於事出突然，那些原本做好準備，等著妖怪出現的年輕人，也發出

『啊』的一聲，嚇得靈魂一口氣全被吸走了，整個人跳了起來。大師，因為那顆西瓜就這麼咚的一聲，跳到那名年輕人胸前。

「年輕人大吃一驚，往後仰身，接著又是一陣雞飛狗跳。

「『它越過我肩膀了』、『哇，跑到我腳上了』、『哇！纏住我衣服下襬了』、『是一顆火球』、『是妖僧的頭』、『是光頭妖怪的頭』、『不，是女人的頭顱』，淨是胡言亂語。如果是牽牛花倒還另當別論，但一顆西瓜怎麼會看成女人的頭顱呢？

「眾人這時的模樣，不知道是追著妖怪跑，還是被追著四處跑，正當眾人慌亂地東跑西跳時，突然一陣『咚咚咚咚』的聲響，本以為是什麼東西由下而上打穿了天花板，沒想到是屋子的橫梁脫落，防雨門和紙門發出聲響。眾人大喊著『地震啊』，俯臥在地，但之後一片悄靜，連風聲都沒傳出。

「猛然發現，屋頂上長出的花草，從葉片交錯的縫隙中可以望見月亮。——是那顆西瓜在發光。

「頭上有森林罩頂，座燈當然因為剛才的慌亂而被打翻。我們宛如縮在深邃狹窄的谷底無法彈動，望著月亮落向那千仞高的崖上。經這麼一提才發現，那爬向櫸樹的枝頭上，像蛇一樣垂掛在月亮上的東西，難道是常春藤的葉子嗎？一想到這點，便覺得整個屋頂彷彿成了瓜田，並拉起了掛有驅鳥板的繩索。

「一名男子怒火上湧地說道：『挺有兩下子的嘛，可惡的天狗！』拿起晚上用來驅蚊燒剩的杉葉，朝月亮擲去。

「結果那滿月像是不堪一擊的朽木般，就此崩落瓦解，與葉片上的露水合而為一，順著橫梁的斜坡滑落，就此消失，但之後開始滴滴答答地落下水滴。落向後頸、肩膀，伸手一摸，入手溼黏。湊近一聞，帶有一股甘甜的怪味。

「深夜時分，因悶熱而渾身溼汗，喉嚨乾渴，這時又聞到那氣味。比血腥味還難聞，我打開緣廊，率先走向庭院，眾人也光著腳跳下庭院。

「令人吃驚的是，天已經亮了。遠方的山巔轉為青綠，山腳處泛起白茫的霧靄。

「正感到不可思議時，看到那意想不到的景色，有人說：『我們漂到荷蘭了！』有人則是咆哮道：『真受不了，先把座燈擺回去吧。』

本以為在屋頂附近的那顆西瓜後面，出現一群烏鴉，烏喙發出『叩、叩』的聲響，由夏夜轉為天明的寬敞緣廊上，成群褐色和黑色夾雜，宛如金琵琶和鈴蟲般的東西不斷攢動，一下子衝上紙門，就此消失。有人說：『這是西瓜子變成的東西。』

「那群年輕人搖搖晃晃，就像宿醉般，神情恍惚地走出黑門，沿著河岸離去。

「來到橋邊，看到卡在木樁旁，在河面上載浮載沉的翠綠西瓜後，他們個個頭也不回地拔腿就跑。

「下午時，宰八前來告訴我這件事。

「在那之前，我一直都在熟睡。

「這時發生了一件奇怪的事。老爺子說：『我幫你沏杯茶，幫助你清醒。』勤快地照顧我，沏出顏色漂亮的熱茶，但很不巧，他沒偷顆西瓜來。他心想『有沒有什麼可以當茶點的東西』，旋即想到——廚房裡有米糠醬菜。當初老爺子說：『這是我自己作的，不過，醬菜一個一個拿過來也是件麻煩事。』就這樣把已經能吃的醬菜，整個桶子搬了過來，並不時會幫我塞一些東西到桶裡醃漬。

「老爺子說：『你自己一個人吃不完，很快就會醃過頭。』他也沒特別處理，都是將整條茄子連蒂放進去醃。他可能是想到那桶醬菜，心想它應該已醃得差不多了，就此走向廚房。

「『客官。』

「『什麼事？』

「『聽說昨晚發出驚人的聲響，沒東西掉下來吧。』

「老爺子一面說，一面夾了五條茄子放進大碗裡。

「那是青中帶綠，很漂亮的顏色。」

二十七

「在綠葉的影子映照下，那白色的瀨戶燒大碗，看起來就像裝著茄子的高級青瓷點心盤，美不勝收。

「拿起筷子夾起來一看，那疊在一起的茄子，在皮薄的中間一帶，發出『咕、咕』的聲響。

「其中一個發出聲響後，又一個發出『咕』的一聲，接著另一個也發出『咕、咕』的聲響。

「宰八露出奇怪的表情。

「『客官，你聽到了嗎？』

「『嗯，有叫聲。』

「『這可當真稀奇古怪啊。』

「老爺子以他那宛如紅刀豆般的手指輕輕一按，他按壓的地方發出『咕咕咕』的聲響，手移到其他地方後，又發出『咕咕』聲。

「這東西好像有心思，會鳴叫一樣，感覺位於上方的蒂，就像一根小角一樣，高高地立起。

「我心想，得趁還沒有東西飛出之前先吃才行，就此咬了一口。」

「您吃了？」

法師一臉納悶的表情。

「真不簡單。」

「這也沒什麼，或許是聽的人自己耳朵發出聲響，所以什麼事也沒有，因為茄子不可能會叫。

「但老爺子還是板著一張臉說：『我年輕時吃過很糟糕的東西，會用我在喪禮中幫忙賺來的錢買酒喝，死狗我到現在一樣會吃，但會叫的茄子，實在無法接受。』

「雖然這一樣是怪事一樁，不過，儘管同樣詭異，但正因為對象是茄子，就算奇怪，我也覺得還好。」

「如果是茄子的話，確實如此，不過，雖然出現眼前的是茄子，但真正的對手另有其人吧。」

明低著頭莞爾一笑、沒什麼特別含意的笑容。

「那是白天發生的事吧。」

「對，是昨天下午的事。」

「大白天就發生這種事，可真不輕鬆呢。」

法師半自言自語地說道。

「那麼，昨晚想必……」

他如此詢問，皺起眉頭。

「對，情況很慘。不過，反正我晚上也睡不著。」

「難怪您形容憔悴，您臉色很不好呢……」

茶店老婆婆說的就是這件事。

「剛才聽您提到這一切。因為發生了這些事，老婆婆才會對我說村民們都不肯來，就連老爺子晚上也害怕得不敢來，因為不清楚您目前情況如何，所以請我迴向給附身在這屋子裡的亡靈，順便探望您，我這才前來。不過，還真是令人驚訝啊。

「雖然早晚我也會遇上怪事，不過，我希望他們能高抬貴手，讓我遇上像會叫的茄子這樣就夠了。

「我是個居無定所之人，只是為了想在此留一宿而前來。說什麼想為附身在這屋子的鬼魂、邪祟、妖怪超渡，我甚至沒這樣的道德感。說實話，我甚至連法號都沒有。是個因為個人的歉疚之心而削髮的和尚。就連誦經念佛，也都無法出自真心，如果您當我是祈禱僧，那我可就難為情了，不過，您意下如何呢？如果我請您讓我在此留宿，不會打擾您吧？雖然我也是做好心理準備才前來，但聽了您方才那席話後，現在倒有點躊躇了。」

「哪怕是多一位客人也好，光是這樣，鶴谷家就很高興了。既然主宅的屋主都覺得高興了，您又何需對誰有所顧慮呢。有人作伴，我也很高興。」

「鶴谷先生和您的這份心，我銘感五內，不過……如果屋主是鶴谷先生，那他就是這棟空屋的持有人了。對於那無比怪異的……。」

「這點我也有同感。我在想，他可能是不喜歡有人住在這裡，才會任由荒廢吧。

「不過大師，這就是特別的地方。只要不去違逆，天花板和座燈都不會有怪事發生。因為有時防雨門和紙門突然燃起熊熊烈火，我急忙滅火，雖然起火處破了，灑水處溼了，但之後再看，那些地方卻連潑溼過的樣子也沒有。

「而且大師，能住的房間多的是。」

年輕人突然像在提醒似地說道。

「如果您不嫌棄的話，就住隔壁房間吧。絕不能想著『要看清楚鬼怪的真面目』，除此之外，您是通過鶴谷先生允許的客人，用不著有所顧慮。

「不過，如果隔門無法輕易開啟，像是有什麼東西在門後壓住，那就請您作罷吧。要是違逆的話，會有壞事發生。」

二十八

「這可不是違逆的時候啊。我也不覺得這時候還能挑房間。

「就算您叫我轉頭望向那扇隔門，靜靜盯著它看，我也無法輕易轉頭望，如您所見，我已經緊張得全身僵硬了。

「聽了您剛才那席話，我也坦白告訴您，其實我在穿過黑門時。地上的草絆住我的腳，我遲遲無法邁步向前。

「說到這個，我之前先是在庭院入口處，聽到一陣『嘎吱嘎吱』的聲響，像是有個掛在大滑輪上的水桶，正在汲水。

「不過，這雖是一棟有來歷的宅邸，但至少有您在。只要有人住，就需要水，如果聽到水桶的聲響就覺得不可思議，這樣實在沒道理，但我聽老婆婆說：

『如果那位書生是自己開伙，用茶壺或酒壺裝水也就夠了。』因而沒料到會有這種情況，聽那汲水的聲音，像是一位慣於做家事的侍女。

「而且感覺好像有位身材苗條高大的婦女，在黃昏時分，以忙碌且俐落的動作通過廚房。

「感覺好像很熱鬧的樣子，就像陶爐上還煮著晚上的配菜，咕嚕咕嚕沸騰冒泡，如果這裡是在街上的話，甚至還可能會聽到『賣豆腐哦』的叫喚聲。

「我一度還心想，可能是老婆婆刻意逗我，但當我斜斜地托起斗笠遠望時，我看到從後門到屋頂，爬滿了王瓜的藤蔓，那模樣確實很像已好幾個月閉門不出。

「我心想『這下不妙啊』，悄悄踩向門內那宛如會搔人癢的雜草，此處初春時想必很美。這裡長了一整面的紫雲英，有一道微帶青色的明亮之物，沿著葉片斷斷續續落在上頭，既像爬行其上，也像浮泛其中。那肯定是月光從頭頂的森林枝椏間灑落的光影，但感覺就像是婦人長長的黑髮在腳下散發著光芒。

「如果加以跨越，心裡覺得不舒服，所以我想避開而行，這時，有個東西從右邊淡淡的光影前滾過，那東西旋即露出臉來。仔細一看，原來是一隻兔子。

「對了，那像蛇一般發光的光影，也改變方向，映照在我的前方，那隻兔子就這樣在草地上打滾，朝屋子正面的玄關前而去。

「如果情況正好相反，牠朝我靠近的話，我將會被推向原本走進的那扇門。因為我沒有刻意走進的膽量。

「在玄關前，我先出聲問候。

「我說道：『屋子的主人如果在的話，請聽我說，如您所見，我是個六根不淨的和尚。我並無意憑藉什麼來迴向給您，讓您解脫成佛，也無意仗著什麼力量，來施咒逼您退散。如果您現身，我將對您虔誠膜拜。如果您是遺世獨立的神祇，我除了誦經念佛外，一概不會多言。請借我草蓆一張，讓我平安度過一宿。』」

雲遊僧當時口中誦念著「南無阿彌陀佛」，走向那木紋宛如漣漪般的杉木門板，說完這樣的誓言後，雙手合掌，摘下斗笠做了一揖。

「之後就跟我從老婆婆那裡聽說的一樣，我沿著多處損毀的竹籬摸索探尋，推開木門，門馬上就打開了，所以我頻頻發出像剛才那樣『咳、咳』的清咳聲，同時心想『真是嚴重荒廢啊』，就此沿著草地，走在眾多的紫茉莉中，一路來到這裡。從緣廊走進屋內。

「那紫茉莉開得燦爛。不時夾雜著紅豔，朵朵盛開，我心想：『要是僧袍的衣袖碰觸那花朵，那可就失禮了。』因而縮著身子前來，不過身上還是沾染了香氣，甚感歉疚。

「那原本應該是一處花園，想必也同樣荒蕪了。當中有一株得抬頭仰望的高大白色山百合，枝頭垂落，正盛開綻放。哎呀，美得令人感到毛骨悚然。

「不管會發生什麼事，都得靠自己的力量來處理，這點我做夢也沒想過。

「但您身處在剛才聽說的那些可怕情況中，竟然還能忍受，當真是膽識過人。」

「不，再也沒人像我這麼膽小了……就是因為太過膽小，只能順其發展，不去抵抗，隨性而為。」

「這就是了。我這趟來的最主要目的，就是想請教您這點。您是不是想進行什麼研究？」

「哪兒的話，就算我進行研究，也不會想到在這種地方研究。」

「那麼，可有其他原因？」

「對，若說我有什麼願望的話，那就是還保有一份私欲。其實我有個願望，所以才會留在這裡，徹夜祈願。」

二十九

「大師，我這項祈願，其實與剛才要告訴您的手毬一事有關。」

「哦，您想再看一眼那顆手毬。」

「不，我想聽那首手毬歌。」

年輕人一臉陶醉地說道，眼神無比爽朗。看到他那宛如夢見月亮般的眼神，法師心想，這確實是很奇怪的願望，心中就此浮現一抹疑惑，但他旋即抹除心中的疑感，移膝向前。

「朝空中的浮雲而去，沒有明確的方向，渡過眼前的大海，翻越眼前的高山，夜宿村里，行遍諸藩，找尋那帶有某個含意的手毬歌……」

「您找尋手毬歌……是為什麼？」

「如夢似真又似幻……明明清晰得宛如就在眼前，卻又無法用言語形容——溫柔、熟悉、悲傷、深情、慈愛、輕柔、純潔、爽朗、令人毛骨悚然、苦悶，而又為之陶醉的手毬歌。真要比喻的話，那感覺就像嘴裡含著芳香、潔淨的奶水，出生前在母親腹中，仰望那美麗的乳房般——就是這樣的歌，但我忘了歌詞，所以無比憧憬，想聽到那首歌。」

在他說這番話的時候，小次郎法師打從出生以來聽過的各種聲音，例如風聲、水聲、鐘聲、音樂、所有人聲、蟲鳴、樹葉的窸窣聲，都像閃電一樣在心中反覆播放，甚至是他會的各種經文，都試著以藍底金字在眼中迅速描繪過一遍，但完全想不出哪個像是他說的那首歌。

「那麼，您聽過那首歌嗎？」

「小時候聽亡母唱過，就此成了我懂事後最後的一次記憶，深深留在我心底，但不知為何，我忘了歌詞。

「隨著年紀漸長，就像在故事中看到的悲戀般，很想再一次聽到那個聲音、那首歌。

「我等不及從東京的學校畢業，便返回故鄉，向可能知道的人詢問，但不管我問誰，再怎麼詢問，還是得不到答案。

「首先，就連家母的姊姊，也就是資助我學費的阿姨，也不知道這件事。

「這時，像夢一般在心頭浮現的，是住在同一個鎮上，三名和我年紀相近的姑娘。

『如果生下的是男孩，
讓他上京都學狂言，
上寺院學書法，
寺裡的和尚
是酒肉和尚，
從高處的緣廊推落，
掉落髮簪，
掉落小枕頭。』

「我隱約想起，她們常逗我玩，而當時家母也還年輕，會和她們一起拍毬，拍羽毛毽玩，所以某天半夜，我發現只要能找到她們，她們之中一定有人知道，而就此霍然起身，歡欣雀躍。不過大師，她們當中有一人，在家母仍在世時，便在女兒節的晚上過世了。這事我也知道。

「聽說還有一人下落不明……

「剩下最後一人，我好不易查出，她嫁給了縣內學校的一位校長。我暗自叫好，馬上便前往拜訪，那處位於市鎮郊外的武士町，有一條小河，沿著河流是一路相連的木板圍牆，每間宅邸都有許多種植多年的紅梅樹，老樹隨處可見。當時是個梅花盛開，月色朦朧的夜晚。

「大師，您說您前來時，在玄關前看到一隻穿過紫雲英的兔子。」

「哎呀，您在重要的談話時，突然穿插談到這件事，真教人難為情。雖然我看起來是那樣沒錯，但這種地方應該不會有兔子才對。那也許是貓也說不定。」

「這屋子後面有一座山，所以應該常會看到。那應該是兔子沒錯。

「我也遭遇類似的情形——當時我看到的是小狗。脖子上繫著鈴鐺。一隻雪白的狗，仰躺在地上，一面逗弄著我的手，一面從我腳邊滾過。我像做夢一樣，跟在牠後面，接著我看到了門牌，正是我要去的那戶人家。

「我不能劈頭就說我想見女主人，所以我先和她丈夫見面，說出我的想法後——

「『你半夜前來說這些，是什麼意思？當真瞧不起人。內人有病在身，不能見客。』

「他如此說道，露出厭惡的表情。因為夫人是出了名的大美人，所以校長先生很會吃醋。」

三十

「阿姨很用心地為我提供意見。她說：『要是一開始我知道你要去對方家，我就會阻止你去。因為你沒跟我說，所以我完全不知情，就此害了你。對方會認為你是他太太的青梅竹馬，而且你說什麼要詢問手毬歌的事，這更是糟糕。一般人聽了都不會接受的。』

於是我問道：『我去拜訪母親的朋友，卻惹來男女情色的懷疑，這也太奇怪了吧！』但阿姨卻說：『哪會啊，女孩通常比較早熟，而且對方都用紅色髮飾帶，梳理成漂亮的髮髻，打扮得很講究，所以就連當時年幼的你，也認為她們是「漂亮的姊姊」，一位大你兩歲，一位大你一歲。過世的那位大你兩歲，而那位太太則是大你一歲。至於另一位下落不明，就不清楚了。』

「由於事情變得有點麻煩，那位夫人的娘家派人到阿姨家來說道：『小女不知道什麼歌曲的事。大家都有臉面要顧，所以今後請別再前來詢問。』沉著張臉離去。

「當然了，我前去拜訪時，那位太太根本就沒病。

「過了約一個月後，寄來了一封信，上面以漂亮的字跡，詳細地寫了各種手毬歌、搖籃歌、兒歌等，足足有一百多首。

「最後以紅字寫道：

——在我寫的歌曲中，有許多是唱出嫁為人婦的無奈——

「那封信我至今仍舊珍藏著，當然了，這當中並沒有我想要的那首家母唱過的歌。

「至於另一位下落不明的姑娘……

「大師，如果是搬家，或是前往遠方的藩國，總還是會有些許線索，這不足為奇，但她卻像是人們常說的遭遇神隱一樣。至少我阿姨一開始便如此深信不疑。

「那姑娘名叫菖蒲。

「她家中就她們母女兩人，還有一位老婆婆，不知道是她們母女倆哪一位的奶媽，住在一棟原本是店家的氣派房子裡。在我年幼的印象中，依稀記得她母親將牙齒染黑，鼻子高挺，有張長臉，腰帶上打的結拉得特別長，和服的下襬也沒理好，露出裡頭的衣服，也不知是襯衣還是襯裙，每到日暮時分，她不時會倚在昏暗的門邊，望著能從市街看到的那座山，神情落寞。人們說她是某人的小妾，也有人說是正室，更有人說是藩主的私生女，真實身分不明。

「至於她女兒，一切都很正常，在那三位姑娘當中最具姿色——想到這裡，她的模樣至今仍清楚浮現我眼前。

「不過，這位姑娘雖然會到別人家玩耍，卻從沒邀朋友到自己家中。

「時常大家聚在一起玩遊戲，玩得正起勁時，那位老婆婆突然前來說一句：『妳娘找妳。』就此把她帶回家。她離去後，只留下深沉的落寞。——起初她自己也顯得百般不願，像是硬被拖著走似地離去，但後來可能是因為她都自己來別人家玩，卻從沒邀人去自己家中，心裡有這份顧慮，常會在某個時候突然站起身，自己一個人回家。

「因此，感覺只有那個姑娘無法隨意地遊玩，不能隨便邀人到家中玩，無法想做什麼就做什麼，因為這樣，有人說『遠花總是特別香』。這使我更加想念她，但偏偏又不好意思說『小菖，來陪我們玩嘛』，所以我總是敲著石頭從她家門前走過，當作是信號。

「聽說某天的半夜時分，她家那十張榻榻米大的房間緊緊著，但她人卻不知躲哪兒去了。

「我因為很想聽到那首歌而前往拜訪，阿姨掐指細數說道：『那是丑年發生的事，距今多少年啦……』從那之後，又過了許多年。」

三十一

「在我的故鄉，未婚女子在丑年丑日，會淨身更衣……」

法師在一旁聆聽，暗自吞了口唾沫。

「原來如此。」

他盤起雙臂。

「齋戒沐浴是吧。」

「其實也沒那麼誇張。」

年輕人加以否認，但也點了點頭。

「那終究只是個小姑娘個人的行為。雖然不至於到那種程度，不過聽說她洗髮、入浴，接著將洗淨的頭髮梳好髮髻，纏向髮梳，沒插髮簪，微微塗上口紅。

「接著她將十張榻榻米大的房門關上，背對著壁龕，面向某個牆壁，眼前是一面棲宿著某個女人鬼魂的鏡子。

「只要全神貫注，目不斜視地誦念著『丑童子，斑御神』，等到了丑年丑月丑日的丑時，便可從鏡中看到從前世便注定好姻緣的對象。

「那姑娘在沒人知情的情況下，獨自在家中等候丑時的到來，接著聽說像是受人邀約，步履虛浮地走出家門。……從那之後就再也沒回來了。

「想必沒有線索可循。

「不過，在無技可施的時候，更想聽到那首歌。我心想，只要聽了那首歌，想必就能看見亡母的面容，就此焦急起來，朝家母位於山寺的墓碑搖晃，耳朵貼向我當作墓碑路標的那棵松樹聆聽，但始終都只聽到陣陣松濤。

「我穿過那座山寺的森林，在流向村子的清澈溪流下游處，拿起散落地上的石頭，一口咬下，口中誦念著：『我的牙齒，發出聲響吧，我的舌頭，縱聲高歌吧。』但始終只有戰慄，發不出聲音。

「可能是因為我心不在焉的緣故，某天在山路上受了傷，扭傷了腳，就此臥床不起。因為這個緣故，我受了半個月的苦，好不容易可以拄著枴杖散步時，就像重獲自由的籠中鳥，拄著枴杖飛快地走過街道，朝山林而去，模樣就像隻難看的青蛙。——兩側是屋簷相連的住家，就像大崩壞的那條幹道一樣，斜斜地往前高起——盡頭處是一個丁字路口，那裡又是一條大路。大師，我從自家的街道朝那裡走了約九成的路程時，一名身穿白色浴衣的美人，從前方左側沿著我正對面的縱路走來，一見到我，就此停步。

「我從她的打扮完全沒察覺，她好像帶著一把洋傘，但她是打著傘，還是收起傘撐在地上，我就不清楚了，但我覺得她和那位失去下落的姑娘長得很像。

「對方也朝我莞爾一笑……

「這時，一名深戴著斗笠，腳下穿著草鞋，模樣像獵人的大漢，肩上扛著一把槍尖綁著淡青色小旗子的火槍，用一條拖地的長鐵鏈，拖著一隻大熊。

「上方就是山林的正面那處連接兩個市街的三叉路路口，他們就從那裡橫越，從左方轉角處的倉庫前，走到右方轉角的那家糕餅店架起葦簾的地方，只有將近二間[30]的距離，所以就算慢慢走，也同樣一下子就能抵達。

「熊的背部像黑雲一樣，抵在站立的婦人胸口一帶，跟著他們一同面向一旁行走。後面跟著一大群孩子……想必是因為在我的故鄉，那是很罕見的野獸吧。

「他們的身影已隱身在右邊的方向，我為了來到轉角處看個仔細，想加快腳步，但因為還不習慣跛腳行走，手忘了拄枴杖，就此一個踉蹌，往前跌了一跤，腳趾甲剝落。

「一時間無法站立。

「勉強站起身前往一看，不知他們走到哪兒去了，已不見蹤影。

「之後我展開旅行，遊歷諸國，曾在越前的木芽嶺山腳看到一名背著木炭的女子；在翻越碓冰嶺時，從火車車窗隱約看見，從火車駛出隧道口，到進入另一個隧道前的這段路上有間茶店，有位背對我的女子；在京都如同飛箭般疾駛而過的馬車中，多次看到像是那位姑娘的人……但都沒有像看到熊的那次一樣，那麼印象鮮明。

「那天我回到家中，寫下這樣的文句。

『美貌的妳
被熊奪走了身影。
在市街的轉角，市街的轉角——
我跛著腳苦追，但始終追不上妳』
「我對阿姨說：『手毬歌當中會不會有這麼一段文字呢？』阿姨聽了之後回道：『大白天的看到那種東西，說出這樣的話，可見你身子很虛弱。你暫時不能外出。』就此禁止我外出。
「後來我聽人說：『據說以前有人會以那種方式渡海前來販售真正的熊膽，但現在已看不到了……』」

30 二間，約四公尺。

三十二

「過了幾天後，阿姨來到我枕邊說道：『既然你這麼鑽牛角尖，那就到你想去的地方旅行，向人詢問那首歌吧，順便當作是休養。我也想聽聽我妹妹的聲音。』接著給了我一筆收在匣子裡的銀兩。直至今日，阿姨還是都會寄錢給我。

「離開故鄉已約莫五年！

「但走遍全國各地，不論是都城，還是村里，我再怎麼打聽，都還是找不到我憧憬的那首歌。就算有類似的，但也覺得那似乎只是後面部分、前面部分、中間部分，或是整個歌曲的空間，彷彿有我想要的聲音……此外，最近的孩子都不太會玩手毬，無法一路拍到最後，自然較長的歌曲唱到一半也就沒了。

「我心想：『用普通的方法是行不通的。』壓抑不了想和這位下落不明的兒時玩伴見面的渴望，但人們說她被妖魔擄走了，無技可施。我看到掛在高山峰頂的浮雲，心想『真想順著藤蔓爬上去』，看到橫渡湖面的濃霧，心想『真想乘著落葉追去』。想一探岩穴的最底層，也想一窺瀑布背面的景象。也曾心想『或許在前世的因緣際會下能碰巧遇上』，而獨自參加深山的庚申塚[31]祭祀，等候二十六夜的月出[32]。

「前些日子——在開滿金盞花的霞川，這條位於秋谷，名稱悅耳動聽的小河裡，我撿到一顆漂亮的手毬。

「聽宰八說，有位女子送那個叫嘉吉的男人一顆綠色的寶珠，在月明之夜的驟雨下，走在山路中，口中還吟唱著一首童謠：

『這是何處的小徑，

何處的小徑。

31 又叫「庚申塔」，是根據庚申信仰而建造的石塔。

32 根據民間信仰，陰曆二十六日的晚上月亮出現時，阿彌陀如來、勢至菩薩、觀世音菩薩也會一同現身，膜拜特別靈驗。

是天神的小徑，

天神的小徑。』

「正因為這樣，我彷彿聽到了那個歌聲。」

法師似乎聽得很入迷，他嘆了口氣。

「真是可喜可賀啊，那麼，你知道是怎樣的一首歌了嗎？」

「不，我不知道是怎樣的一首歌，但光憑聲音來看，是那個女人……不……好像是她。把玩這顆手毬的，應該是那位婦人吧。我覺得婦人似乎會在這座空屋裡現身。……我心裡這麼相信。

「於是我拜託老爺子，讓我在這裡租個房間住，但就在我借租的那天，那顆手毬就已經被拿回去了——我認為是被拿回去了——那位美麗又高雅的婦人心中，想必一點都不想讓我這樣的人撿走它吧。

「或許她是想將這顆手毬送往小河下游的秋谷明神那裡。這麼一來，號稱當地名勝的產子石，之後便會染上手毬絲線的顏色，迸發出五彩斑斕的光芒。朝波浪投射出紫色、綠色、藏青、碧藍的光芒，也許會在太平洋上鋪上一道月夜的彩虹。」

年輕人再度神情陶醉，但他旋即頹然垂首。

「這屋裡發生的一切怪事，是詛咒、是罪過。我想，我為了自己的私欲，為了自己的戀情，在路上撿了那顆手毬，所以才會受罰吧。

「就儘管詛咒我吧！我始終都得秉持初衷，非聽到那首歌不可。

「這或許只是內心的迷惘，不過，我親眼所見的怪異、可怕，或許就是某人對我渴望聽到的那首歌所做的暗示，於是我試著暗自哼唱——或許座燈會就此浮向空中吧。

『妳美麗的倩影

是悄然走過蔥綠色蚊帳，

走過蚊帳周邊，

座燈的影子嗎？……』

當然了，我要找尋的歌不是這樣。於是在另一次機會下，我又唱道：

『妳美麗的草庵，

影子落向農田，

屋頂的茅草受露水潤溼，

月光灑落茅草屋頂。……』

這一點都不像。當屋頂傳出鵜的鳴叫時，我感覺自己彷彿會被浪潮捲走，當馬的影子映在門板上，我以為自己是墮入了修羅道，為此暗自吃驚，但這時——

『屋頂傳鵜鳴，

馬影落門板。』

「這首歌如夢似真，不斷傳進我耳中，但我心裡還是不能接受。

「不管什麼我都能忍，但無論如何我都想聽那首歌，所以我才一直待在這裡，是詛咒也無所謂，就算是罪過我也不怕。」

年輕人激動地說道，接著頹然望向法師。

「不過，對方拿回手毬，不就等同是在宣告『我不會告訴你那首歌』嗎？一想到這點，就覺得情何以堪。

「啊，我又離題了，那顆手毬……在貓從天花板上掉落之前，我獨自坐在緣廊時，從紫茉莉底下突然冒出三名以芋頭葉罩在臉上的孩童，一臉納悶地望著我，像小狗和人親近一樣靠向我身邊，從緣廊往屋內窺望，就此發現那顆手毬，他們三人相互點頭說道：

「『那個給我們。』

「我問他們：『這是你們的嗎？』他們搖頭，於是我說：『既然這樣，這就是叔叔我的。』孩子們哈哈大笑，那模樣就像在說：『一個大男人還帶著手毬。』接著他們就不知道去哪兒了。」

三十三

「哦，您說正在談我的事啊……哦，就你們兩位在聊是吧。」

因為緣廊頗高，宰八站著發出「嗨咻」一聲，直接將背在身後的包袱擺向高度及腰的緣廊上。

「如果是這樣的話，那還行。」

他結開包袱上綁的結。

「要是在天花板上面談這件事，那可教人受不了。」

宰八悄聲說道，但馬上又提高音量說道：

「哎呀，就我一個人來。喜十郎先生家的苦蟲仁右衛門，以及學校的老師，原本和我一起同行來到門前。

「請想像一下一頭走進樹下昏暗處的情況。苦蟲那個老頭都這把年紀了，沒想到這麼沒用，他就像是年輕媳婦被人一把抱住似地，大聲尖叫。」

「怎麼了？」

「又發生什麼事了？」

法師也從寢具上面探出頭來。

宰八摘下他纏在頭上的紅色頭巾。

「哎呀，法師也在啊。本家也請我跟您問候一聲。喜十郎先生日後會親自拜訪您，您就先好好休息吧。

「我是個粗人，不懂得禮數。我家老婆子一再吩咐我要好好向您問候，還說您曾經誇這丸子好吃，所以託我給您帶來。請拿它當茶點吧。待會兒我來點蚊香，再沏壺熱濃茶吧。

「先不談這個，我想兩位應該也餓了吧，因此從本家包了多層飯盒帶來，而苦蟲拎著飯盒，卻像前面說的一樣放聲尖叫。

「我們三人就像要渡過河流的淺灘一樣，步履蹣跚地走在門外的草原上，花了半個小時。這麼晚才到，真是抱歉。」

「辛苦您了。」

法師恭敬地低頭行禮。

「其他人怎麼了？」

明開口詢問。

「是這樣的，因為聽到那聲尖叫，我便問：『仁右衛門，怎麼了？』苦蟲苦著一張臉，卻停步不前地說道：『啊，看到了不想看的東西。那個戴著芋頭葉，臉色蒼白的長臉，剛才面露不懷好意的笑容，從我面前飛過。就算盂蘭盆節準備的精靈棚[33]上的葫蘆自行掉落，我也不會當那是祖先對我的訓戒，一樣酒照喝，但藤蔓會乾枯，有其道理。明明沒風，芋頭葉不可能漫步空中。啊，看了真不舒服，渾身寒毛直豎。回家後，要是蓋上被子一樣沒出汗的話，那可教人難受，腦袋也會昏昏沉沉。』

「我對他說：『應該是那群孩童跑了出來吧！』結果他臉色蒼白地應道：『那樣更糟。聽了那個聲音，實在受不了。就是那聲音，敲響石頭的聲音傳向了山谷。而且還是在申時這個時刻。』說完後，他扔下包袱，就此步履蹣跚地離去。

「於是我向老師拜託道：『老師，那請您幫忙提這個多層飯盒吧。』

「結果他回了一句：『我不要。』

「我向他反問道：『咦，為什麼？』

「在客人面前說這件事，實在不太好意思，但請別介意。

「老師竟然說：『如果是唱軍歌的話，倒還另當別論，那種成天老想著搖籃曲、手毬歌的傢伙，還要我拿便當去給他，我哪受得了啊。』

「老師還說，這是他從朋友那裡聽來的，八成是之前來收拾妖怪的那群人。

「這位客官，為什麼你要想出那樣的搖籃曲呢？壁龕層架的紙門上貼著一張紙，上面寫的也是那個對吧。」

明面露羞慚之色。

「那不是我想的，是我把聽到的內容寫下。因為數量太多，一時忘了。」

33　盂蘭盆節為迎接祖先的靈魂回來而準備的層架。上面會安放牌位，並供上當令的蔬果。

「哦，我原本還想，你能安穩地住在這麼可怕的地方，可能是貼了『怨敵退散』這類的符咒呢。

「當時我還沒搞清楚狀況。聽人說你壞話，馬上怒火中燒，所以就回了他一句：『既然這樣，那就算了，客人的東西不用你拿了。你畢竟是學校的老師。不過我從沒讓你教過我什麼，你不是我的老師，只是個和我同行的朋友。你就幫我手殘蟹宰八一個忙吧。』

「老師帽子底下的雙眼瞪視著我。

「『我沒你這樣的朋友，真沒禮貌。』說完後，他便轉身離去。他這是藉故推拖，其實是膽小，臨陣脫逃。他就像演得很不入流的定九郎[34]一樣，高喊著『喂！喂！』朝前面那位跟飛毛腿似地，一溜煙地奔過樹下，朝遠處的河畔而去的仁右衛門追去。」

三十四

那天夜裡平安無事，一片悄靜……正準備就寢時，戌時已過。

在宰八的手燭亮光護送下，法師繞過寬敞的緣廊，走過漫長的迴廊，就像越過防雨門外整排的樹木般，彷彿故鄉有位朋友吊起蚊帳，寂寞地等候他歸來。

「是這裡嗎？」

「請將那扇門往左開，從入口處的木板地房間數過來第二間，就是男人小解的地方。往前走還能前往北邊的緣廊，你回來時可別搞錯哦。

「這兩、三年來，都不曾有人走到對面去，而最近要是誤闖進那裡，可就不

34　歌舞伎《假名手本忠臣藏》裡登場的一名盜賊。

知道會走到哪兒去了。」

「我明白了。」

「你聽好了，我就在這裡等，你就藉著我的燈光走過去吧。

「這裡的紙門很多，一路相連，那破損的情況，就像一具具的白骷髏一樣，連我也覺得不像只有自己一個人站在這裡，不過，因為你是法師，令我壯膽不少。剛才聊得太盡興，喝光了好幾壺茶，等你上好後換我，我也想上。我等你。」

法師一面打開門，一面出聲喚道：

「打擾了。」

就此把門關上。

「啊，感覺好陰森。你是在向誰問候啊。南無阿彌陀佛、南無阿彌陀佛。咦，我突然有個奇怪的想法。如果往那面破掉的紙門內窺望，應該能看到什麼吧——南無阿彌陀佛、啊！南無阿彌陀佛……哎呀，燭火一陣搖晃，有風從某個地方吹來。這燭火消失後，就會馬上迷失在六道輪迴的分叉路上。南無阿彌陀佛，法師，你還沒好嗎？」

「麻煩一下。」

「嚇。」

法師半開著門，一身灰色的僧袍站在門內說道：

「麻煩用燭光照一下這裡。」

「哎呀，大師，你應該先開門再說話的。我還以為是門板發出聲音，嚇了一大跳呢。要照哪裡？」

「入口處的這個凸窗下方，有個洗手盆，我剛才進來時看了一眼，但因為裡頭又大又暗，現在不知道在哪兒了。」

「哦，要洗手是吧。」

宰八將手燭往前遞出。

「說到那個盆，等天亮後，你再好好瞧個仔細，那是很不簡單的青銅洗手盆，當初還是用一頭牛拖來這座宅邸，不過，現在我實在不想開這扇門……。」

「嗯！吹來一陣徐徐涼風。

「那、那個洗手盆裡要是有水就好了，如果沒有，請忍著回到房間吧。我倒茶壺裡的水供你洗手。」

「有，有水。」

發出嘩啦水聲。

「裡頭滿滿都是冰涼潔淨的水。」

「你可別說謊啊。哪來潔淨的水。井水是綠色的，小河的水則是又白又濁。」

「那可能是我在燭光下看的關係吧。」

「哦，怎麼可能滿滿都是水？」

「不，幾乎都快滿出邊緣了。啊，看得出葉越先生是個愛乾淨的人。這裡有條白色的手巾……」

法師說到一半，沉默了一會兒。

從今年起，四月八日是吉日。

會收拾尾長蛆[35]。

「倒著貼在這裡的這手巾，是誰寫的？」

「……南無阿彌陀佛、南無阿彌陀佛……」

「啊，寫得真好。」

法師像得道高僧一樣沉著，悠雅地說道，接著又變成了慌張的小和尚。

「哎呀，你快點出來吧，我忍不住了，我要到庭院小解去了。」

「這到底是誰寫的呢，像是女人的字跡。」

法師明明在誇讚那張貼在上頭的手巾，卻又從自己袖中取出一條折好的髒手巾。

「南無阿彌陀佛。那、那是死在隔壁那個小房間裡的某戶人家的小姐貼的字。就在隔壁間，現在不用去管這種事了。我頭皮都開始發麻了。」

「是嗎。啊，我現在正好想擦手，這條全新的手巾又冰又溼，教人感到全身發冷。」

35　食蚜蠅的幼蟲，模樣像蛆。

「哎呀。」宰八跳向一旁，朝地板用力一踏，但他就像想隱藏自己的腳步聲般，臀部往後翹，在同一個地方來回打轉。

三十五

「你這樣搖搖晃晃的，燭火會熄滅的。給我吧，我來拿手燭。」

「那就拜託你了，喏。請你要拿好哦，順便請你以身穿僧袍的模樣，散發光明的佛光吧。」

法師拿起手燭，往前邁步。

「老爺子。」

法師叫喚的聲音，聽起來像是發生了什麼驚訝的事，宰八縮回他那行動自如的手，與他殘缺的手擺在同一處，開張手掌，以彎腰的姿勢抬起臉來。他那張皺紋滿布的臉，被燭火染成一片赤紅。——這位紅通通的老頭和臉色發青的和尚，在走廊邊對談的模樣，就像兩個妖怪在竊竊私語。

「什麼事？」

「我好像聽到哪裡傳來呻吟聲呢。」

「無聊，你嚇我幹什麼。」

「你自己聽，喏……」

「嗚、嗚、嗚。」

聽了不舒服的聲音。

「老爺子，是你在呻吟嗎？」

「不是。」

宰八臉色驟變，皺起鼻頭。

「嗯，那是難產的呻吟聲。唉，是那位少夫人在呻吟，她化成了姑獲鳥，正發出嗚叫。喏，不就是從裡頭那個小房間傳出來的嗎。」

「這裡頭的小房間是怎樣，我不清楚，不過，似乎不是來自紙門的方向，而是廁所。」

「嚇，你不是才剛進去過嗎？」

「這麼說來……。」

法師把臉斜斜轉向一旁，豎耳細聽。

「哦，是庭院、是庭院，聲音來自防雨門外。」

「哦。」

宰八也聽出來了，就此鬆了口氣。

「確實是來自屋外，只要有這防雨門在，就算是銅牆鐵壁了。」他用力按住防雨門，踩穩腳步。

「渾帳東西，你儘管進來啊，我這邊可是有活佛陪在一旁呢。」

「如果是佛的話，就更不能置之不理了。那是人的聲音，老爺子，打開來看吧，好像有人正在受苦。」

「喂，要先按兵不動，那是對方騙人的手法。妖怪用的手法，引誘我們出去，他會朝你頭上撒鹽呢。我則是被會被擰下手腳，說一句『這是月夜下的螃蟹，沒什麼肉』，就這樣把我吃了。這怎麼行呢！不能打開。我們要快點回房間去。」

「咦，你聽，對方在說『救命』呢。」

「嚇，反應真快，還懂得吸引人注意。他知道你是和尚，故意利用你的慈悲心引你上鉤，絕不能打開。」

就在這時……清楚傳來沙啞的聲音。

「救命……」

「……」

「……」

「宰八。」

就像草叢深處裡的蟲鳴聲。

手殘蟹全身發抖。

「嚇，是苦蟲在叫我。」

「什麼，蟲在叫你？」

「對，那是仁右衛門的聲音。南無阿彌陀佛，你、你看吧。晚上才從黑門前離去的老頭，這個時候來這裡做什麼？畜、畜生，真是個思慮淺薄的畜生，才會這麼不細心。我可是人啊。你這個荒神附身，沒腦袋的傢伙。別理他。」

宰八離開防雨門，肩膀晃動了一下，準備就此離去。就在他離開木板地房間約兩尺遠，朝寬敞的緣廊邊走去時，一張正方形的白紙突然出現，宛如沒熄滅的燈籠般，燈火往前邁步而來。

「嚇。」

宰八向後倒退，背部緊挨著法師。

「請快點誦經，他跑進來了。南無、南無。」

法師也墊起腳尖，站起身往前窺望。

「那是座燈，因為我們花了太多時間，葉越先生從房間走來這裡看我們了。好了，現在有三個人，我也就此壯膽不少——要開門嗎？」

「咦，我明明說不能打開的。」

「可是你聽，他一直在說『救命』啊。俗話說『鬼神不走旁門左道』，對於我的同情，對方應該不會刀刃相向才對。」

將門栓用力往上拉，啪的一聲打開門後，儘管以衣袖護著燭火，但還是無法完全遮蔽，燭火馬上便被夜風吹熄。但月亮就像以吉野紙[36]包覆般，薄薄雲層下的月光，在形成暗影的昏暗草叢中，照亮了它的底端，有個東西身上棲宿著月光，就趴在前方的踏腳石上，這究竟是什麼？

三十六

與剛才聽到聲音的時候相比，現在看到對方身影，便很確定趴在踏腳石上的是苦蟲仁右衛門沒錯。雖然還是一樣感到疑惑，但感覺事情已變得比較好處理。這時明也提著座燈前來，宰八就此有了幹勁，在他們兩人的指示下，他鼓起勇氣來到庭院，既然都來到了這裡，他已不在乎身子會不會被露水沾溼了。

他撥開草叢，挨近仁右衛門問道：「老頭兒，你怎麼了？」仁右衛門應道：「啊，是宰八啊，快幫幫我。拉我一把。」像在膜拜似地伸出手。宰八一把握住他的左臂，嘴裡還不忘說道：「如果是野獸的話，毛未免也太少了，噢，是如假

36　產自奈良縣的手工和紙，薄而堅韌。

包換的仁右衛門。變得真像。」同時伸手搭在他肩上，扶他站起身，仁右衛門以如同踩在泥巴地上的步伐離開那處踏腳石，氣喘吁吁，緊抓著宰八，所以宰八低語道：「喉嚨被你勒得好緊。」因為想早點處理好此事，他不管三七二十一，便一路把人拖到緣廊來。這段時間，明打開另一扇防雨門，等在一旁問道：「你還好吧？往這兒走。」幫忙把人帶進來。此時仁右衛門的右手握著一把竹槍。

「這是……」眾人見了為之一驚，仁右衛門應道：「這是有原因的。先讓我喝口水吧。」他舌頭不太靈活，嘴唇泛著土色。手腕也很冰冷，頻頻打著寒顫，所以明說：「先帶他進房間吧……這東西危險，先交給我。」替他保管那根竹槍。

前端削尖的尖銳竹槍，從法師的僧袍衣袖旁掠過，站在後方的法師急忙讓開身子，並說道：「座燈由我來拿。」率先走在前方。

「來，由我來背吧。」宰八將他的蟹殼抵向前，仁右衛門說：「不，沒這個必要。」他就像嘴裡咬著法師的僧袍下襬般，膝蓋在地上拖行，就此爬向緣廊。

明握著那把散發青綠光澤的竹槍，槍柄朝前，跟在後頭。

宰八在後方正準備關上防雨門，似乎心情轉好，出言嘲笑道：「老頭，你這是嚇到腿軟嗎？真沒用。」仁右衛門邊爬邊說道：「我腳掌全都是血，要是站著走，會留下血痕。」這番話可真是驚人。宰八就此門也不關，跳到明背後，緊抓著他。往前方而去的座燈，飄浮在法師僧袍的下襬一帶，而說自己「腳掌全都是血」的苦蟲，就像馬在爬行般，竹槍緊跟在他後方，最後面則是走在黑暗中的手殘蟹……在廣敞的緣廊上呈現這幕景象，實在非比尋常。

不久，仁右衛門在房內經過一番照料後，很快便清醒過來，他環視四周，一再支支吾吾地說道：「真是抱歉，這位客人、大師。還有宰八，我對你更是抱歉，我們是相識四十多年的朋友，我卻像是不了解你的心性一般，真是慚愧。」接著他說出以下的經過。

——主人鶴谷先生的這棟別墅，最近怪事頻傳，不可思議。此事實在太誇張，得搞清楚才行。仁右衛門這三天兩夜自己一個人默默苦思此事。最後他想出了結論。真是詭計多端！這肯定是一項大規模的詐欺。他們合謀，把這屋子搞得像鬼屋一樣。要是放著不去管它，最後變成了狐狸巢穴，或是成了乞丐的住處，因為燒篝火而引發火災，那樣也太疏忽了。就算給錢，那裡也沒人肯住，所以他們看準鶴谷先生也會不知拿它如何是好，打算將腐朽的屋柱連根拔起，把瓦屋頂踏平，將整座屋子據為己有，被我說中了。沒錯！這真是明神給我的啟發——一旦以這樣來看待，便覺得最近在此留宿的那位四處雲遊的書生，他那莫名溫柔的神情，根本就是繪本故事裡的自來也[37]，是江洋大盜。而傍晚前來的那名雲遊僧，肯定也是他的同類，茶店的老太婆也很可疑。居中牽線的宰八，肯定也被他們收買了。難怪妖怪的風波會愈演愈烈。等等，要裝瘋一點都不難，嘉吉肯定也騙了我們。開什麼玩笑啊，這些傢伙，你們當這裡是什麼地方。秋谷村有甜柿還有我苦蟲，你們難道不知道嗎？就這樣，我故意佯裝成膽小鬼，剛才在夜裡逃跑，也是仿效真田幸村[38]，打算待會兒再掉頭回來，攻下盜賊的巢穴。

我抓住和平時一樣，黃昏時分在村裡遊蕩的嘉吉，將他送回家中，請他們看好，這是為了防止他將魚鉤綁在釣線上，從屋頂垂落，以此垂掛座燈。

仁右衛門還找來了老早就與他暗中密謀，同樣在當天晚上佯裝成逃走的學校老師，以及在這起事件中擔任間諜的「狐狸烏龍麵店」的老闆，三人就此準備了一番。

那兩人站在正門前等候，仁右衛門則是獨自行動，心想：「看我一槍刺死可疑人物。就算殺了變成狸貓的人，也不會怎樣。」就此腋下夾著竹槍，從木門口沿著庭院，在月光下前進，朝防雨門而去，他定睛環視屋頂四周，想看出有沒有什麼變戲法的機關。

37 江戶時代後期的讀本中常出現的盜賊、忍者，會使用蛤蟆妖術。

38 本名為真田信繁，被譽為戰國時代的日本第一勇士。

三十七

屋頂上可以清楚看見一隻烏鴉。「啊，就在那底下，曾有兩位孕婦死於非命，死狀淒慘。」一想到這點，頓時察覺屋頂上好像有什麼東西。

打從仁右衛門撥開草叢潛入這裡的那時候起，那東西就隱約映入他眼中，但它看起來像是站著靠在細長的葉子旁，也像是躺著，潛伏在草地上，也像是浮在半空，從葉尖上飛越而過。不過仁右衛門心想：「那大概是我自己的身子與竹槍的組合，在月光下形成的影子吧。」也沒去懷疑，但那身影突然移往屋頂上去。

他重新望去，發現對方肩膀一帶那苗條柔美的模樣，就算是經過月光重新描繪，若說是自己那多年扛著鋤頭的骨架，模樣未免也太優雅了。接著他才猛然發現，原來那是纖纖柳腰。

那柳腰面向他，背部斜傾，輕柔地撩起下襬來到小腿的高度，坐在鋪設瓦片的屋頂上。而那宛如向外踢出的下襬前端，由於位於空中，無從遮蔽，顯得搖搖欲墜，但它輕盈地靠在屋簷的蜘蛛網上，看起來猶如水車蒙上了一層霧。隨風搖晃的背部，頸部一帶微微透著白，但因為在月光下而不太顯眼。儘管月色朦朧，但濃密的黑髮因綠意而晶亮，森林的暗影如浮雲般落下，從後方包覆她的身影。她望向前方，以微微仰望天空之姿，上臂內側朝向仁右衛門，白淨如雪，並緩緩輕撫著鬢髮。

像白魚般的手指，在黑髮下忽潛忽現，如今回想，照理不可能看得到，但那就像是耳朵在動一樣。

「哎呀，那到底是人還是野獸？不管怎樣，那傢伙都想踩毀這座宅邸，將屋頂當成自己的窩。混帳東西，看我的厲害。」仁右衛門後退一步，要起竹槍，以向前刺穿飛鳥的技巧，唰的一槍刺出，槍尖鑽進對方右手袖子底下，這時，他踩在地面的腳掌，竟發出「唔、唔、唔」的聲音。

地面突然變得鬆軟，觸感就像踩在溫暖、膨鬆的棉花上，整個人幾欲往下沉。他的膝蓋很不中用地癱軟下去，他大吃一驚，望向腳下，這才發現自己站在紫茉莉上。

雖然心裡這麼想，但其實相去甚遠。這個膨鬆的白皙之物，阿彌陀佛，是個躺在地上的女人胸部，此時他穿著鞋踩在那對隆起的乳房中央，相當於心窩的位置。

仁右衛門發起抖來，定睛細看。那白皙的喉嚨因痛苦而往後仰，黑髮變得零亂，但唇間露出的牙齒無比白亮。躺在草地上的那張五官鮮明的臉蛋，怎麼也讓人忘不了，是鶴谷家的媳婦，初次生產便過世的少夫人。

仁右衛門猶如一桶冰水當頭淋下。

因為感到恐懼、怪異、冒犯，他急忙將踩在上頭的腳移開，但不知為何，一隻腳又踩在上頭。

女子發出「唔」的一聲呻吟，仁右衛門猛然驚覺，把腳移開，但原來那隻腳又踏了回去。他大感心慌，而愈是慌亂，身體的重量愈是加重在腳上，每次對方都會發出「唔、唔」的哭聲，不斷從口中吐出血來，灑向喉嚨，染紅胸口，流過她的乳房下，暖暖地流向仁右衛門的腳掌。

「啊！」他大叫一聲，就此腿軟，手撐向地面，一把抓住女子的黑髮。

「對不起，少夫人，對不起。」他一股腦地道歉後，女子從被踐踏的痛苦中睜開眼，移動她的眼瞳瞪視著仁右衛門，嘴巴微動，莞爾一笑……鮮血從她的唇邊流下。

仁右衛門的腳就像被黏膠黏住一般。

正當他在同一個地方掙扎時，傳來宰八的聲音，他想出聲呼救，卻叫不出聲，只化為呻吟。

而當宰八執起他的手，扶他起身時——宰八看到的踏腳石，看在被迷惑的仁右衛門眼中，那是少夫人的胸部。雖然他渾身顫抖地說：「我的腳還很黏，雙手也如你所見，滿是鮮血。」但透過座燈一照，他的手腳就只是受了夜露，微微發白罷了。

「實在太可怕了。我這位六十多歲的老頭向你磕頭。宰八，雖然夜已深，但還是請你送我回主宅。這方圓三町[39]之內，我片刻都不想待。我想活命。」

說完後，仁右衛門頻頻鞠躬懇求。

就這樣，眾人問了一句：「繞到正門去的那兩個人呢？」就此一同前往查看，結果發現老師癱坐在玄關前的石板地上。那位「狐狸烏龍麵」的麵店老闆則不見蹤影。……後來得知，他當時頭也不回地溜走了。

到底是看到什麼這般驚嚇，他們始終搖頭不肯說。後來不知是誰流出傳聞，說道：「一人看到穿著紅色裙褲、雙眼烏黑、耳朵突尖，模樣駭人的宮中女侍，在浮雲滿天的月光下，雙手衣袖交疊，佇立在木門口，一人看到紅臉的大猿猴，尾巴裂成九尾。」過沒多久，此事悄悄傳開。

三十八

由於房間寬敞，供兩人睡綽綽有餘。蚊帳朝面向玄關的兩個角落，以及紙門和隔門兩邊門框的橫木中間掛上吊鉤，將這處十張榻榻米大的空間隔出三分之一的大小——畢竟是村長家的夜間寢具——淺綠的紋帳垂掛，拖著長長的紅麻下擺，枕頭擺向緣廊的方向。

「某天一早便下著雨，白天也宛如黑夜，事情就發生在那天晚上。」明說到一半，竟然就睡著了。

這也算是怪事一樁。小次郎法師心想：「真是可憐，如果真像這年輕人所

39　三町，約三百公尺。

說，連日的疲勞想必難以承受，今晚因為有我以朋友的身分在此相伴，他略感安心，這才就此沉沉入睡。」這時他隔著蚊帳望去，看到背對著壁龕，散發朦朧白光的座燈。

雖然燈罩上沒有塗鴉的文字，但感覺它彷彿隨時都會離開榻榻米，底座整個伸長，燈火從裡頭冒出，或是跑進蚊帳裡。

經這麼一提才發現，明明沒把燈火調亮，但明的睡臉卻顯得出奇明亮。

「你這樣睡會受寒哦。」

明可能是睡得難受，露出白皙的胸膛，法師避免碰觸到他那瘦弱的胸膛，悄悄將他滑落到心窩處的衣服重新蓋好，而明完全不知情。——「要是像仁右衛門看到的那位少夫人一樣，我手一碰到他，他就吐血，同時莞爾一笑，那該如何是好。」

想到這裡，便覺得難以成眠。「就什麼都別看吧。」法師就此閉上眼，緊接著，彷彿傳來眨眼睛的啪嚓聲，他就此睜開眼，內心無比清醒，難以入睡。

只要蓋上睡袍，衣袖到衣領感覺就像是一個大洞，彷彿會被拉住腳拖進裡頭，令人深感不安。

他脫去睡袍，露出他的光頭，但這樣就像是發出「嘩」的一聲，露出笑臉一般，雖是自己的臉，但連他自己都覺得可怕。

他就此板起臉，拉攏衣襟，調整好枕頭的位置，穩定情緒，仰著頭念出「眾怨悉退散」這句咒文，心情似乎就此平靜些許，正感到昏昏欲睡時，突然滴答一聲，有個東西落向枕邊。

還沒能清楚分辨是漏雨，還是吸飽了血而掉落的蚊子所發出的聲響，緊接著又是一聲滴答，接著滴答滴答持續落下，甚至還落在臉頰上。

終於發現它的冰冷，以手掌撫去後，手也感到一寒。雲遊僧打了個寒顫，微微坐起身，戰戰兢兢地讓燈光照向自己的手，幸好那不是血滴。

正當他心想「這應該是漏雨」時，就像順著蚊帳滴落般，水滴傾注而下。

豎耳細聽後發現，屋頂上似乎下著大雨。

就算是不存在於人世的臨時居所，恐怕也找不到如此寂寥的房子。不過，在旅途中早已習慣漏雨的法師，一直保持沉默，想等候雨停，但雨滴愈下愈密，睡袍的下襬都已溼透，水滴都快濺起水花了。

聽說有時屋頂還會傳來鵜的叫聲。該不會這整個屋子沉入霞川底部了吧。……才剛這麼想，一滴大水滴打向他額頭，水滲進他鼻頭裡，他就此起身，拿起枕頭抵擋，並採取跪姿靠向明，將他捲至肩膀高度的睡衣衣袖拉了回來，對他喚道：

「喂，葉越先生，嚴重漏水呢。」

但明沒回答。

「看起來明明是個容易醒的人啊。」法師感到驚訝，試著把手擺向明的臉上，傳來平順的呼吸，就像風在吹動芒草般。

「啊，睡得好沉。」

他靜靜盯著明的臉瞧，他那雙睫毛濃密的細長眼睛，上頭有晶亮潔淨的水珠，那也是落下的雨滴嗎？不。……

「我也有我的過去，不過，你髮色烏黑、膚色白淨，但我卻是髮蒼蒼、面如黃蠟。我們同是這人世間的孤兒啊。」法師不自覺地對自己流下同情淚，就此傳進明的夢中。

他望向四周，這才明白，也難怪這個人不會醒來。這雨滴之所以像絲線般紛亂，原來只發生在他自己身上，明所在的地板，連一隻夜裡會四處亂跳的跳蚤也沒有。

「南無三寶，這麼說來，這一定是妖魔的口水。」

三十九

雖然明白那雨全是幻象，但身體漸漸感到溼冷，比以前他還是小沙彌，山寺裡的和尚派他去村裡買豆腐，連斗笠也沒戴的那時候還難受，他就此掀開蚊帳下襬走出，但他不知道去哪兒度過這宿才好。

此刻他的感覺就像憑藉著那幾乎快要熄滅的客棧座燈，走向下著驟雨的屋簷。

法師移膝來到燈火旁。

他望向身上的睡衣，一點都沒溼。他的臉頰到手臂確實都溼透了，他原本甚至還想動手擦拭……當然了，床鋪也沒傳出漏雨的聲響。

他伸長手臂往後翻，摩擦著手臂。

「眾怨悉退散。」

他再度念咒，讓內心沉靜下來後，可能是發揮了功效，蚊子聲消失，四周歸於闃靜。

由於太過寧靜，他甚至擔心自己的身體是否會就此消失，接著他就像從夢中醒來般，眼神恍惚地睜大眼睛，注視著那筆直的燈芯。

有個影子從中飄出，映在座燈的燈光下，當他看出那是跟女人的手一般大的蜘蛛時，馬上便縮起脖子，但不對，不是這麼回事，他碰觸屋柱，馬上明白掉落在油壺前的是樹葉。青楓的葉片。

法師不自主地撿起它。但這是否真的是樹葉呢？我是想加以確認嗎，連他自己也不知道。

接著突然落下一道影子，似乎是乘著橫向飄落的雨而落下。

他不自覺地又撿起它時，對著先前撿起的樹葉說了一句：

「一片。」

接著又數著：

「兩片。」

話還沒說完，第三片又掠過燈光飄來，是像貝殼一樣的櫸葉，留下很大的影子。

「三片。」

他在口中如此低語時，第四片已飄來，碰觸座燈的罩紙。

「四片、五片、六片、七片。」

數著數著，他擺放樹葉的膝蓋上，已滿滿都是樹葉，沒半點縫隙。

他仰望天空，天花板無比深邃，感覺宛如置身暗夜的深山裡。

「噢，假設這座森林是山頂，在這樣的夜晚飛越天空的妖魔，也許就是獻給魔王的關隘通行證。」他心裡這麼想，拂去膝蓋上的葉子站起身，隨著樹葉的搖晃飄落，他全身為之顫抖。

「咳！」

法師發出一聲像是喉嚨被揉碎般的沙啞咳嗽，接著目光轉往他處，想轉換心情，但這時就算想取出包袱裡的經書，也已經太晚了。他這時想到的，是隨意貼在紙門上的那四、五張紙。

今晚才聽明提過，他在上面寫下自己記得的童謠，早晚吟誦。

法師站著走近細看，率先映入眼中的，是以濃厚的黑墨寫著：

「落葉一片……」

法師看了，內心一寒。

落葉一片、

兩片、三片、

十片堆疊，

隨著落葉的數量

一同掉落，那是妳的年紀

妳的年紀——

轉頭一看，那裡還散落一地綠葉，就像清掃到一半。

我心思念金盞花，

身影流入霞川上，

面容常存我心頭。

隔著糊紙，感覺隱約可以看見紙門後方的白皙面容……在變硬的耳朵底下，感覺天的高度、地的厚度，都變得無比深邃遙遠，就連星座、龍宮的燈火，也同樣遙遠，這時，就像有人甩動黃金的搖鈴般，響起「噹鈴」的一聲琴音。

法師猛然一驚，望向眼前的紙，有個東西在他眼前晃動。

「噹鈴！」

似乎是這行字在躍動。緊接著，上面寫著一行字。

「琴音……」

四十

法師展開思索，讓自己內心平靜下來，他理了理衣襟，由於包袱裡有佛像，所以他開始解開之前借壁龕擺放的那個包袱，不過，深夜時的這項舉動，猶如木曾幹道上的盜賊。

他將袈裟摺好擺在桌上，再拿出那個用來避免弄髒的金絲綢緞布包覆擺在上頭。

原本這個房間就是採京都風格，壁龕旁附有頗高的壁龕層架，一旁再過去便是緣廊，層架邊是緊臨庭院，呈滿月形的圓窗，打開嵌入式的門，草木蓊鬱的山林看起來宛如朝空中湧去的層層波浪，明曾經說過：「這和我故鄉家中那座已經燒毀的書院格局一模一樣，看了真教人懷念。這也是我能在這裡達成心願的徵兆，深深吸引著我。」因而馬上將這個層架當桌子用，旅行用的硯臺也擺在這裡。還擺了梯凳當椅子用……

因為四周很寬敞，所以也擺放了水罐和喝茶道具。

因此，打從看到這個男人的那身旅行裝扮，親切的宰八似乎就已了解他的人品，背著桌子，連同寢具一起幫他送來，但男子卻不使用，將它輕輕擺在壁龕角落，沒揚起塵埃。吃宵夜的時候，男子對法師說：「如果您不嫌棄這裡，想在這裡暫住的話，請用它來看書吧。」

法師此刻將那張桌子搬來這裡。

他先擺上佛龕，望向四周，心想該改放哪兒好時，明在蚊帳裡叫了三聲，似乎是困在噩夢中。然而……法師就只是感到胸口一痛，並未搖醒他，幸好很快又靜了下來。

他打開紙門，這緣廊他也曾走過，另一邊是沿著庭院走進的入口，平時姑且不談，今晚倒是什麼事也沒發生。他比較在意的，是聽說之前在大掃除時，有一塊天花板鬆脫，就位在前方天花板角落與底下那扇從沒打開過的隔門交接處。

「我佛保佑。」

他如此祈願，從桌上拿起佛龕擺在頭上，定睛望向隔門，準備起身朝那裡走去。

就在這時。

「請留步。」

一個聲音朝地底響起。

是明在叫喚嗎？才剛這麼想，明在蚊帳裡又做起了噩夢，法師為之屏息。

「……」

他為之色變。

接著從隔門後面傳來一個聲音。

「這位法師，請您留步——我這就過去您那邊。請別擋住通道。我本可以強行通過，但因為有佛像在，我有所顧慮。我並沒有要加害您的意思。」

仔細一看，眼前出現一個巨大的身影，肩膀與隔門上那個雨漬形成的魍魎一樣高，他的頭甚至超出門框上的橫木。長著濃眉、圓眼，鼻子高挺，嘴呈方形，兩頰豐腴，看起來儀表堂堂。麻質單衣搭配形狀如同把手的漆染徽印、白色衣襟交疊、同樣顏色的素色裙褲、在高處展現衣服的褶線，此人就此現身，占滿整個隔門的空間。衣袖短小的右手，握著一把收起的扇子，柔和的面容掛著微笑，搖搖晃晃地走向前，重重地坐向法師面前。法師被他的氣勢所震懾，感覺就像被一頭褐色斑紋的大牛給壓垮在地。

法師猛然一驚，撐起他幾欲趴向桌面的胸膛。

「你是誰？」

「行遍日本六十餘州之人。」

「什麼名字，什麼來歷……。」

「無所不在的惡左衛門。」

對方手持扇子應道。

「目前來到秋谷，亦即秋谷惡左衛門是也。」

「惡……」

「是善惡的惡。」

「哦，這麼說來，你是惡……惡魔，要詛咒人們是嗎？」

「不，我在行走時，都會避開人們。在皎潔的月光下，夜鴉的黑羽閃動光輝，淺灘的香魚鱗片也無比晶亮，就連要欣賞不帶半點暗影的明月，我也不是在被人遺棄的小船上，也不是在山頂佛堂的緣廊。我賞月的地方，是夜半人跡不逢之處，那不就是茅草小屋的屋頂嗎？

「然而，人們卻刻意仰望屋頂，看到我的身影，就此遭受損傷，實乃自作自受。」

四十一

「大白天走在大路上時，只要有人前來，我便閃避。一旦遇上，我會避向路旁，等他們通過後，走在其身後。但如果有人不時回頭望，我會不堪其擾，索性不再閃躲。對方看到我的模樣，就此受驚，那是其咎由自取。

「大師，即使如此您還是懷疑我嗎？」

他莞爾一笑，從天花板俯視法師的光頭。

「儘管如此，您還是對我等存在於這個宇宙間，感到懷疑嗎？嗯，您似乎因懷疑而瞪大眼睛呢。不過，就算眼睛瞪得再大，也很快就會眨眼的。

「天底下，就算有人可以整天睜著眼睛不睡覺，但絕對沒人可以不眨眼。我惡左衛門以及我的同伴們，是以你們人類眨眼的瞬間作為我們的世界——亦即在一眨眼的短暫瞬間，透過陽光，將你們的容貌、衣服上的一切，甚至是睫毛，全都複製下來，在你們的生命終結後，就像依舊能存活好幾百年一樣，能一再地流傳下去，擁有無比漫長的時間。石頭與木頭互相敲擊，迸發出火花，也算是瞬間，火花消失也是瞬間，子彈射穿人體，也是瞬間。

「所有人在眨眼的瞬間，水照流，風照吹。但睜開眼睛時，樹葉的青綠、太陽的紅豔，都一樣沒變。這世上什麼都東西都沒消失。就只是在那短暫的瞬間，在眨眼的瞬間，我們會現身，一瞬開眼就會消失，只要明白這點，就不會懷疑我們存在於這個世界上了。」

他舉止悠然地點了點頭。

「重點來了，大師。

「雖說是當事人自己招來的災禍，但月亮突然隱遁在雲層中，世間變得黑暗，這樣不覺得奇怪，卻因座燈的燈火突然熄滅而大叫，見星星在天上飛行，不感到訝異，卻因西瓜在地上跳躍而驚叫連連，這些人對我們同伴的作為大感畏怯，嚇破了膽，損氣傷身，這可說是對我等修行的妨礙，是一種罪業，令人深感困擾。」

他略微嘆了口氣，接著又再說道：

「對了，這座宅邸從本月的月初起，有其他在此棲身的客人。是一位和我們有同樣遭遇的人。我們一族陪同在一旁，一同加以守護。原本對方也是四處找尋人跡罕至的空屋，這才來到這裡，但此刻沉睡的那名少年，懷抱著不惜以命交換也要實現的願望，當真是以自身性命當賭注，刻意留在這處被荒草淹沒之地，從那之後，這裡便人多嘈雜，帶來許多妨礙，所以我們一一加以驅逐，但真正教人沒轍的，是這名少年。

「他具有不同於外貌的堅定意志。他都淨說些像童話般的事，自己也對這樣的愚蠢感到羞愧，大師，想必他也沒對您提過吧，其實我曾對他做出有點殘酷的試探。

「有時是將巨大的岩石砸向他胸口，我跨在上頭，勒住他的喉嚨，再以七條蛇纏住他的五體，甚至以長有利牙的蜥蜴啃咬他，加以詛咒，但他依舊頑強，毫不退縮，悠哉地唱著歌，令我折服。

「因此，剛才我對他展開最後的考驗，我讓這名少年殺人——而被殺害的人，就是大師您。」

此人定睛注視著法師。

法師雖然已有心理準備，但仍不免戰慄。

「這、這麼說來，這裡是黃泉嘍？」

對方只有眼珠轉動，望著法師的臉，那福態的臉頰掛著笑意，暗自竊笑。

「不，您一點事也沒有。不過，剛才這名少年做噩夢時，大師，您感到胸口隱隱作疼對吧。」

法師心頭一震。

「對。」

「也就是說，少年讓您服毒。」

「……。」

「那毒不是別的，正是放在壁龕層架上的朱泥陶壺，它汲取的雖是井水，但因為是已填平許久的一口井，水色蒼綠，簡直就像透綠的草汁。

「老爺子汲取來供你們喝的茶水，用的是河水。其他人都認為那泛白渾濁的水反而還比較好，而加以飲用，但這名少年之前看過河上飄著死貓，所以不喝河水，而是喝井水。

「就像我剛才說的，我沒取他性命，但讓他處在似夢似醒的狀態下，加以詛咒折磨，但不能因此折損他的壽命，所以每天晚上我們都趁少年不注意時，派穿著寬袖和服和深紅色腰帶，頭戴狗面具的使者，帶著我們祕藏的深綠色美酒，從琉璃色的瑪瑙壺滴入他的飲水中，當作是回神藥，這已成了我們每天必做的事。」

四十二

「少年在嘗過後，讚不絕口，直誇那是天賜甘泉。

「我們對少年的靈魂下令，讓他夢見自己請大師您喝下那美酒。他對您說：『就試一小口吧，這酒味爽口清涼，入口芬芳。』您聽了之後顯得更加猶豫，遲遲不肯伸手拿。」

那人又是微微一笑。

「於是少年說了一句：『那我來為您試毒吧。』將酒一飲而盡，硬是要勸您喝。於是您回了一句：『既然您這麼說。』就此接過酒，戰戰兢兢地喝下，過了一會兒，您感到渾身痛苦難受，在地上翻來覆去，口吐黑血。」

法師聽得臉色蒼白。

「少年大為吃驚，急忙在一旁照顧。但已回天乏術，在臨終時，您留下遺言道──

「『我是個僧人，能殺身成仁，我求之不得，你要盡快離開這處可怕的魔所，到其他地方尋求你的心願。』這就是我的企圖。

「少年在蚊帳裡做噩夢，那就是他夢到這幕場景的時候。

「我心想，這麼一來，他應該就會知難而退了吧，沒想到卻是沒完沒了。大師，他見您喪命，就此淚流不止，決心共赴黃泉。

「甚至還拔出他藏在衣箱裡的護身短刀，我在隔門後看到這一幕，出聲喚道：『啊，請住手。』就此制止了他。我實在不能就這樣害死他。

「因此，我們那位在此棲身的客人，自己決定要將這座宅邸讓給那位少年，改到其他地方去。

「在那之前，她想直接見您一面，與您稍敘。

「由於那位客人是女性，所以才由在下前來告知此事。

「秋谷惡左衛門，在此與您接洽。」

他朗聲說道，接著語氣平靜地問：

「您願意與她見面嗎？」

法師不自主地應道「好」。

聲音未歇，惡左衛門便像小山般晃動膝蓋，重新坐正面向法師。

「請現身吧！」

這句話說得聲若洪鐘。法師感到頭暈目眩，靈魂幾欲就此出竅遠去，這巨大妖魔的身形宛如被吸往角落的幽暗處，就此退下，但就算他化為遙遠的一個小小的螢火，他衣服的顏色、裙褲的顏色、臉部的顏色、頭上纏成一束的頭髮，仍鮮明地映入眼中。

「打擾了。」

前方一扇隔門，突然變為綠色，那雨漬形成妖怪畫的輪廓，仍舊留在那零亂的圓圈中，上頭微微浮現粉紅色。

仔細一看，有名女子將她油亮豐沛的黑髮梳理得無比柔順，露出白皙的耳朵，頭髮直接以髮梳纏成髮髻，低垂著頭。她將斜肩的衣袖兜攏，雙手抱胸，白色的衣襟，搭配水藍色的長襯衣，外面套上淺粉的素色薄紗，柳腰繫著一條草葉搭配露珠圖案的淡綠色腰帶，上頭的絲線帶有亮麗的柔細光澤，在它的亮光下，她的胸部、肩膀一帶，淡粉和青綠的色澤變得透明，隱隱透視出她白皙似雪的玉膚。

月光宛如化為水滴，落向她的黑髮、她的衣襟，她沒弄亂下襬，輕盈地邁出腳尖，就像是為了某人而起身行動般，將那深不見底的房間抛在身後，拖著後方那無垠的暗夜。她感覺不像在行走，就這麼來到法師身旁，隔門不知何時開啟，左右各立著一盞高腳座燈，在門檻邊對望，只隱約看得見兩名手持座燈的女子膝蓋。「這兩人誰戴著狗面具呢。」法師無暇想到這個問題。

他就像要朝佇立他面前的女子窺望般，瞄了她一眼。

「哇。」

他差點叫出聲來，就此伏身拜倒。出現在他面前的那張臉，有一雙發出炯炯銀光的眼睛，眼角形成紫色的暗影，顴骨深陷的臉頰透著蒼白，呈青綠色凹陷的嘴唇裡，可以看到塗黑的牙齒，以及像石榴般的舌頭，耳垂底下是兩排如尖針般的利牙。

四十三

「噢，我遮住了自己的臉。我並不是存心驚嚇大師，只是維持外出時的裝扮……真是難為情。」

女子取下白鬼的面具。她秀麗的容貌中帶有威儀，微微低著她眉清目秀的臉蛋，舉止端莊地雙手撐向地面。

「幸、幸、幸會。」

法師結結巴巴地向她致意，女子抬起她落寞的臉龐，紅唇露出一抹淺笑。

「方才您如廁時，我在走廊上見過您。」

法師此時已沉穩許多。

「您是何人？」

法師如此詢問，但這時他覺得自己已知道女子的身分。
這位美女將衣服下襬深深折向膝蓋，端正坐好，往前傾身，像要往蚊帳內透視般。
黃綠色的紋帳逼近，淡淡地包覆女子衣服的顏色。
「我是他母親的舊識。和明先生也是朋友……。」
她雙唇緊抿，微帶愁色。
法師移膝面向她。
「哦，您是……」
「關於此事，大師，我有一事相求，請您聽我說。」
說完後，她再度隔著蚊帳凝視。
「真是可憐，變得這麼憔悴。一個既沒罪過，也沒受報應的人，卻這般歷盡千辛萬苦，說他就算賭上性命也想聽到那首歌，這都是因為太思念他母親了。
「基於很想聽到那首歌的這份心，最近他忘了自身的一切，也忘卻了人世，因為懷念我，而內心迷惘，甚至心生愛意。

「那首歌是我小時候從他母親那裡學來的，至今仍舊記得。

「他是如此嚮往，所以我也想和他見上一面，唱給他聽，但要是我現在露面，他肯定會因為愛慕我的那份心，而不顧一切，像在作夢般，扯著我的衣袖，緊抓我的手，額頭抵向我胸口，不斷地喊著『娘、姊姊』。

「大師，到時候我要如何脫身，如何將他推開，如何擺脫他呢？我甚至會一把將他拉過來，緊摟著他。

「沒有血緣關係的男女，存在著天地皆不容逾越的戒律。

「我們無拘無束——反正我們終究是與俗世背道而馳。但這會對我其他的願望造成阻礙。就算真是如此，因為他的可憐和可愛，我任由內心狂亂，早已做好捨身覺悟的我，也不在乎自己會有什麼下場。

「儘管不在乎，但要是明先生真這麼做，將會和我有同樣的遭遇……

「以明先生最近的心思來看，他似乎真心這麼期望。」

女子就像充滿愛慕般，雙手抱胸，但接著突然一臉掃興地轉向一旁。

「您看那個。我在說這件事情時，明先生的母親看起來猶如花叢般，從聳立雲縫間的高樓，彩虹化成的欄干處探出身子，既沒責罵，也沒瞪視，因疼愛自己的兒子，也沒罵我是惡鬼，還朝我膜拜。看到她那美麗溫柔的容顏，就算我滿腔的愛意熱血染紅了綠葉，我也會因為對明先生有所顧忌，而不敢出聲。

「儘管一句話也沒說，但光是看到明的容顏，便因為憐憫，心中的覺悟也隨之削弱。我是有夫之婦，身為別人的妻子，當他愛慕母親的這份善良深深感染我時，我墜入情網、陷入不義、犯下罪過。

「即使是親生母親，一旦離開了人世，就連『就算是幻影也好，仍想在他面前現身，餵他喝奶，陪他共眠』這種憐惜自己兒子的這份心，在天上也會化為愛情，基於這份顧忌，我才不敢與他見面。

「更何況我只是個外人。

「讓他吃不必要的苦，令人憐惜。我明明已極力隱藏，不讓明先生知道我的所在處，但身邊的幼童一時疏忽，讓手毬掉入河中流走，就此結下孽緣。

「他和我都為此受苦心傷，但他就算會有性命之危，也不願離開這裡，因此，只好由我另覓他處。

「他這份心令人同情。他朝思暮想的手毬歌，等日後時機到來，應該自然就會聽得！

「等我離開這座宅邸後，屋子裡的每個角落都會變得明亮許多。明先生也會就此改變心意，離開這裡，再次展開旅程。

「而至今人們仍在談論的這座宅邸的靈異傳聞，已在這一帶傳開——關於傳聞中那位住在附近那棟別墅的女子……」

四十四

「那位來自外地，長得如花似玉的婦人，是來這裡養病的，在輕浮的侍女慫恿下，為了尋求寂寞的慰藉，她私下將宰八找來，對他說：『鶴谷宅邸的妖怪事件，全是我和傭人為了排憂解悶所做的惡作劇遊戲。聽說有不少人受傷，還有一位名叫嘉吉，精神失常的人。做出這麼魯莽的事，真的很過意不去。希望能以此讓各位得到更好的治療。』……

「就此賜予許多白銀和黃金。

「此事後來被世人得知，馬上化為傳聞傳了開來，這位病患就此感到振奮，而發瘋的嘉吉也得以安心，能得到治癒，但宿命難逃，這位夫人的丈夫，從海外旅行歸來，聽聞這項傳言——他是位嫉妒心重，世所罕見的男人。——

「有位四處旅行的少年，在發生妖怪事件的那段時間，就住在那裡……。

「這位丈夫滿心認為明先生與自己的妻子有染，因此夫人當時已不做任何解釋。這位丈夫向鶴谷的主宅買下此地，並將夫人軟禁在那座空屋裡。

「大師。

「那位美麗的夫人也羞於見人，羞於面對人世，就此關在房裡，足不出戶，將自己完全封閉在暗夜中。

「而隨著歲月流逝，對於那不曾見過，也沒聽過，卻蒙受不白之冤，傳出惡評的明先生，令她感到仰慕、思念，最後甚至心生愛意，無比神往。這苦悶、狂熱的愛意，與我此時的心境，或是明先生想聽手毬歌，幾欲為之發狂的心情，完全一樣。

「再過一年、兩年、三年，明先生行遍各地，聽不到他找尋的歌，便會回到這個村莊，懷念起那棟空屋。

「到時候，夫人那沉浸在愛意中的靈魂，應該會化為五色絲線的手毬，隨著霞川漂流吧。明先生呼出的滿腔思緒，想必會化為一道冷煙，裊裊而升，就連夜空的明月也會就此被遮蔽吧。兩人的深情之火交疊，化為白色的烈焰之花，想必連隔門和紙門也會一起燃燒。在那不是日光、月光，也不是星光和燈光的亮光下，兩人想必很快就會見面。

「儘管宅邸裡匯聚了全世界的黑暗，這十張榻榻米大的空間裡一片漆黑……但看在明先生迷濛的眼中，就算是黑灰，看起來也像是吐著花香的花朵，蜘蛛網也飄散著名香的芬芳，他滿心雀躍，將這世上的一切全凝縮在這個房間裡，他眼中看到的是比大海還要遼闊，滿是金銀珠寶的宮殿，只看到夫人一眼，便將她奉為歌之女神，向她跪地膜拜。

「夫人烏黑冰冷的長髮，猶如搖晃玉飾的琴弦，披散肩上，發出陣陣聲響，彼此沒說出口的聲音，化為肌膚上揚起的熱血，朝聽不見的耳朵傳送曲調，微微碰觸的手和手指，十指互碰，發出水晶珠子摩擦的聲響，顫動的衣裳與顫抖的雙膝，感覺猶如乘坐在空中的浮雲上。

「『啊，我的好母親……』明先生挨向前一把抱住，女子的乳房感受到重量、胸口感受到輕盈、雙手感受到輕柔、手臂感受到彈性，她渾然忘我，伸手回抱——

「明先生的生母心想：『我兒有危險，他是瞎了嗎？他會就此墜入罪業深谷，快藉著我的亮光指引，離開那個家吧。』就此從空中指向一顆星星，星光化為閃電，在牆上亮起，母親『快離開、快逃』的聲音，震耳欲聾地響遍屋頂，她的淚如雨下，關愛的露水朝樹木和岩石傾注，就連野草也受其濡溼，在晨光的照耀下，化為琉璃、藏青、鮮紅等色澤的水滴。

「對這兩位罪業之人而言，面對眼前的驚恐，反而更加緊挨向彼此。

「因無法承受這等慘狀，剛才我提到的那股思念兒子之心，就此化為愛意，跨越天界的規範，打破戒律，他母親靠向雲上高樓的玉欄干，將桂枝拉向身邊，就這樣緊抓著它來到宮殿外。

「她飄浮在空中的身軀，從人界仰望的明月降臨凡間時，浮雲倒轉，化為千丈萬丈，甚至高達億萬丈高的瀑布，滔滔不絕落向深邃無邊的凡間雲霄。雖然她身上穿著雲霞般的衣裳，但她只依附著一根彎折搖晃的桂枝，險象環生。

「她一位身分高貴的友人見狀，馬上停止彈奏仙樂，惴惴不安地來到欄干旁，將樹枝往上拉。他母親就此被攔阻，同樣以那身淡色的衣裳回到月亮前，髮簪晶亮燦燃，與星光相輝映。

「明先生在昏暗的房裡突然看見那亮光，這才發現手中牽著的是個位蕩女。隔門和牆壁都是烈焰。他坐的榻榻米成了尖針草蓆。袖裡藏著蛇，膝蓋上爬著蜥蜴，眼前所見的地獄景象，馬上令他五體凍結，毛骨悚然，準備就此抽身。但此時女子強烈的意念，就算被人用大鐵鎚敲碎，她緊摟對方的手也不會鬆開。

「女子滿腔愛意化為烈焰，猶如在火焰中拿起行家所畫的金銀錦繪欣賞般，臉部散發光芒，宛如朝白粉裡倒入胭脂的眼睛，落下鮮紅的眼淚，要是看了，肯定無法捨棄這段戀情。明先生因恐懼和羞慚而顫抖的身軀，因為眼前肉身肌膚的溫熱、嘴唇猶如燃燒般的熾熱，這份懷念之情，與身處聖潔冰涼的明月前的母親相比，毫不遜色，他一時難以割捨，再度陷入躊躇。

「他母親因為過度思念，在天上思忖著『至少也要讓他聽聽我的聲音』，而唱起凡界的歌曲，許多天界的仙人體恤她這份心思，而以美妙的聲音應和——他應該就是在那時候聽到的吧。明先生渴望聽到的歌曲，在自然的感應下，就此傳向他心中，而得以聽見。」

美女露出莊嚴的神情……

法師合掌聆聽。

他心想：「那個人，還有那個時刻，其實都不用等候明的到來，這位美女的手只要碰觸我，我應該馬上就能聽到那首歌吧。」

四十五

美女重新說道：

「大師，此事請您留存心中即可，切莫向人提起。眼下請徹底隱瞞此事，好好安慰明先生。

「他可能是因平日的痛苦而感到疲憊，睡得很熟。」

她快步走向蚊帳，改變原本端正的坐姿，改為雙手撐地地面，發出一股麻布的香氣，雙肩的黃綠色顯得冰涼，隔著布面透出底下的淡紅。

「明……」

她本想倒向明的面前，與他臉貼臉，但她毅然退開，衣袖交疊擺在胸前。

她望向法師的雙眼掛著淚珠。

「我就此告辭吧。此事說來幼稚，在大師面前實在很難為情，不過，我還是以此作為對明先生最後的告別，拍手毬給他看吧。來人……」

在她的叫喚下，一名頂著齊肩的妹妹頭，有一張兔子臉的女童，像蝴蝶般從兩個高腳座燈中間穿越而來，袖子上捧著手毬。美女拿起手毬，擺在白皙的掌中，可能在魔界手毬都是這麼大吧，就像紅梅的花苞般，她一邊輕撫它，一邊以一口皓齒咬住衣袖前端，纏上束衣帶。

接著露出優雅的微笑，一臉陶醉地說道：

「只有我一個人玩的話，不免有點尷尬，大家也一起來拍吧。」

經這聲叫喚後，紛紛圍向蚊帳的，有桔梗和茅草，美不勝收，有胡枝子花和女郎花[40]，溫柔迷人，還有鈴蟲、雲斑金蟋，聲聲喚。

前方沼澤立著一條蛇，

八幡富豪的么女時而佇立、時而玩耍。

手持兩顆寶珠，腳履黃金鞋……

牆壁和隔門都染成了楓紅的顏色，房間變得宛如手毬的錦緞表面——就連飄落的樹葉，也圍繞座燈四周點綴鮮紅。而像雪花散落般，在裡頭加以纏繞的，是女人的手，不知道一共有幾隻手。感覺只要指尖微微碰觸，法師的手腕就會自動跟著往上揚。

讓他上京都學狂言，

上寺院學書法，

寺裡的和尚

是酒肉和尚，

從高處的緣廊推落。

手毬猛然拋向空中，咚地一聲落下，再用力一拍。

「等等。在我故鄉舉辦的涅槃會[41]上，會由街上的女孩們採同樣的打扮，每個人分別帶兩、三顆手毬，緊貼肌膚抱著，捧在衣袖上，來到山寺比賽拍毬。年

40 黃花敗醬草。

41 於每年陰曆二月十五日，佛陀入涅槃之日所舉行的法會。

輕男子有所忌諱，都是躲在撞鐘堂窺望，對女孩們的遊戲看得無比入迷……但是當黃昏降臨大寺院，這眾多女孩的身影，與掛在遠處牆上，色彩鮮豔的涅槃畫同樣縮進一幅畫中的景色時，從正殿後方，牌位堂昏暗的榻榻米走廊走出一名模樣妖豔的女子，也不拍毬，就這樣用衣袖捧著手毬，動作流暢地走出，從面向墓地的几帳窗前走過——看著看著，她就這樣走進某人的後方，或是混進人群中。就是這個人。和當時一點都沒變——

「明現在大概也做著從撞鐘堂望著這幕情景的夢吧。應該會在某個情況下鐘聲響起，就此醒來。」

正當法師心裡這麼想的時候——

美女因為拍毬的動作，鬢髮後面脫落的頭髮就此垂掛向臉頰，可能是頭髮形成的暗影，她眼眶一帶顯得有點落寞。

「掉落髮簪，掉落小枕頭……」

她左右手輪流拍毬，髮髻底部一陣搖晃，黑髮頓時披散肩上。

她對自己零亂的模樣感到難為情，她可能是想就此結束，也沒轉頭看一旁的女童撿起落地的手毬抱在懷中，便逕自搖搖晃晃地站起身，走向蚊帳邊，衣服下襬零亂。

她靜靜仰望屋頂。

「您看，浮雲散亂。——他母親的乳房在花叢中搖曳。噢，可能是想給自己心愛的孩子哺乳吧。還是說，我的舉動令她感到內心紛亂？大師您或許看不見，不過，住在地面上的人們，就算白天也一樣仰望著星光。就算可以清楚看見他母親的身影，像『這裡是天宮』、『這裡是地獄』這類的話，也不能隨便說。

「他正做著美麗的夢。」

她垂放著衣袖，把臉靠近明說道：「你看，你母親就在那兒。只有她疼惜你的這份心意，完全不受魔界的塵埃遮蔽，請用我的衣袖當鏡子來觀看吧。此刻棲宿在我眼中的水滴，是用來傳達你母親愛意的奶水。」接著低下頭，潸然落淚。

「你將回到兒時，尋求母親的奶水……就此醒來……」

「再見了，大師。趁他從夢中醒來前，就此別過。」美女單手撐地，與法師道別。

這時，從玄關到庭院一帶，傳來喧鬧的聲響和人聲。

法師一會兒揉眼，一會兒瞪大眼睛，一會兒擦著眼睛，美女與他告別，靜靜來到防雨門外（狗臉的女侍快步在前頭開路，以深紅猶如烈焰的袖口，悄然無聲地打開它），走向鑲嵌在天空的星光中。在十四日的殘月仍高掛空中的黎明時分，她露出單邊臉頰的姿態，那風情猶如牽牛花在薄雲下花苞綻放，她緩緩甩動腦後的長髮，回頭望向蚊帳。

「等等。」

這時，明掀開蚊帳，飄然飛身而來，緊緊抱住。——

在拉住他衣袖的法師，以及糾纏在一起的兩人面前，突然出現一個巨大身影。猶如霧靄中的樹林，黃色的麻單衣像布幕般朝屋簷覆蓋，昂然而立，聲若洪鐘地吆喝道：

「要走嘍。」

只聽見有人應了聲「是」，怪異的是，晚上宰八汲了滿滿一桶，擺在緣廊邊的水桶，突然整個倒翻過來，嘩啦一聲，水全灑了出來，水桶以握把當腳，大步走了起來。

水從它後面溜走，這時黎明時分的白雲，像輕煙般緩緩流下，流過庭院的花草，明月就此傾沉，化為小船，船頭揚起，越過紫茉莉，順利地一路向前行。想必是大妖魔的衣袖化為風帆吧。那位美女藏身在船上的帳幔後，傳來那令人無比懷念的歌聲。

這是何處的小徑，
何處的小徑。
是天神的小徑，
天神的小徑。
請讓我通行，
讓我通行……

緊接著，茂盛的樹林陡然颳起一陣風，加快了樹葉與綠意的流動，只見一抹浮雲飄蕩而過……

解說

從人界到魔界：逆行時代的鏡花敘事迷宮

文／元智大學應用外語系副教授 廖秀娟

日俄戰爭結束之後，自然主義席捲日本文壇，明治三〇年代後半到四〇年代初為日本自然主義盛行的時期，島崎藤村的作品《破戒》橫空出世，文壇標榜無技巧與平面描寫的寫作風格，在這樣的風潮下，曾經以尾崎紅葉高徒之名一度攀上文壇一線作家盛名的泉鏡花，被冠上守舊文學硯友社餘黨之名飽受攻訐，作家生命幾乎斷絕。然而泉鏡花不但拒絕迎合潮流，反而逆風而行，一頭掉進怪異與奇幻的文學世界，獨自描繪著源自於故鄉金澤的傳奇故事、傳統藝能與工藝所構築而成的奇幻世界。在追求如實描述的現實主義當道之年代，泉鏡花堅持固守自己獨特的神祕主義寫作風格，將創作重心放在虛構的奇幻世界，在日本近代文學的洪流中可謂是異類作家。

◎滿載鏡花代表性元素的幻想作品

泉鏡花的代表作之一《草迷宮》於明治四十一年（一九〇八年）一月由春陽堂出版，是泉鏡花遠離自然主義全盛時期的文壇、落魄流浪到逗子市（日本神奈川縣）渡過低潮時期所創作的作品。作品中充滿濃郁的鏡花文學代表性要素——怪異性、幻想性、懸疑性以及戀母情結。其中有多數典故主要取材自江戶中期作品《稻生物怪錄》，部分取材自西鶴的《好色一代女》、異類婚姻譚〈迎蛇婿〉（「蛇婿入り」）等古典文學。

故事描寫修行僧小次郎為了修行走遍各地，在三浦半島遇到幽靈鬼怪的靈異經驗。故事一開始，小次郎法師來到了被稱為「三浦大崩壞」的葉山海岸邊一間茶屋，在茶屋中聽到老婆婆描述發生在當地眾多離奇怪事。

法師受老婆婆之託前往位於秋谷（現橫須賀市）的舊宅邸——秋谷邸，為過往在宅內過世的五人頌經迴向，結果卻在原本因鬧鬼理應無人逗留的宅內，遇到了一位青年葉越明。葉越明為了探尋幼時母親生前為他吟唱的手毬歌歌詞線索，以及突然消失的青梅竹馬，一路從小倉千里迢迢來到此地。葉越明對小次郎談起了數起近日發生在秋谷邸內駭人聽聞的事。原來葉越明剛到秋谷邸後的前十天，尚有三、四位村民一同住宿，卻發生榻榻米被抬起、座燈飄起攻擊村民等怪事，之後某晚又發生村民隨身携帶的小刀消失不見。怪異事件接連不斷，造成村民恐懼不敢再靠近這座宅邸。然而即使鬼怪事件不斷，葉越明仍然堅持要留在宅內不走，原來這座宅邸內藏有他正在尋找的線索。

當晚，就在葉越明入睡之時，二位惡魔現身在小次郎面前，一位是名稱「秋谷惡左衛門」的惡魔，另一位是葉越小時候突然失蹤的青梅竹馬菖蒲。直到這時，才漸次揭開發生在秋谷宅邸中所有靈異事件的謎底。

◎由自然植物界區隔出的異世界迷宮

泉鏡花習慣於將植物界營造成為一個異世界，或是人類不小心迷失踏入的魔界。例如其代表作《高野聖》、《春晝》（春昼）等等都是以深山和森林為舞台的作品。本作品《草迷宮》也不例外，「草迷宮」所指的「秋谷邸」，被陰鬱的草木所覆蓋圍繞，隔離在深鬱的森林中，形成一個被水、森林、草木所區隔出的異空間，如同迷宮一般，是一個現實世界與異世界之間分際模糊的場域，亦可視為人界與魔界交錯匯集的混沌之境。

秋谷邸本是秋谷村大戶人家，時任村長的鶴谷喜十郎別宅，由於兒子喜太郎從東京學成歸來，於是將宅邸贈予兒子並安排接班，卻在此時發生慘案。原來兒子除了妻子以外，同時也將愛人從東京帶回，而且妻子與愛人同時都懷有喜太郎的小孩。鶴谷家老僕仁右衛門對此深深以為不可，擔心會有報應，進而諫言。結果，果然如他所擔憂，二位產婦與嬰兒皆因難產而死，喜太郎也因打擊過重投井自殺。此後，秋谷邸因為出了五條人命而荒廢，產婦幽魂也因怨念無法超生受縛其中，宅邸成了妖怪的棲息之處、怨靈出沒的詭異空間。

◎貫穿鏡花創作的「母親」意象

從《草迷宮》還可看出泉鏡花另一項代表性元素——「母親」。其母年僅二十九歲就因產褥熱過世，留下幼子撒手人寰。由於母親的早逝，使得母親的存在獲得「神聖化」與「淨化」，思慕亡母之情也時常反映在他的作品中，成為畢生重要的創作元素。

《草迷宮》中，葉越明經歷了五年艱辛的流浪生涯到處收集手毬歌，只為了尋找小時候記憶中母親曾經為他而唱的童謠，葉越明的尋歌之旅即是一段椎心的尋母之旅，葉越明的執著反射出鏡花的幼時經驗與對母親的思念，青梅竹馬菖蒲因為記得手毬歌的歌詞，而與記憶中母親的形象合一，成了葉越的愛戀對象，卻也同時影射兩人可能犯了母子亂倫的禁忌。

◎從聲音始，也由聲音收尾

《草迷宮》還是一部由聲音／歌聲開始，也由聲音／歌聲結束的作品，泉鏡花曾經在〈我的態度〉（「予の態度」，明治四十一年一月）提到，年幼時期聽過手毬歌的記憶，曲調優美難以言喻，而手鞠歌的創作要素也多次出現在本作品。故事一開始就由卷頭歌「前方沼澤立著一條蛇，八幡富豪的么女時而佇立、時而玩耍。手持兩顆寶珠，腳履黃金鞋，時而高聲呼，時而低聲喚，一路朝山林野徑而去……」開啟作品世界。隨後，描述夏日在葉山海邊享受海水浴的男女們，突然從天空中劈頭響起破鐘般的聲音喊道「游泳的人，快回去」，這群男女隨即沉入海底。甚至有一名大病初癒的少年一臉索然無趣地望著前方，突然，一個奇異聲音從崖邊發出「要孝順父母！」的怪聲後，少年便轉為重病，這些怪異現象使得「三浦大崩壞」的葉山海岸邊成為「魔所」之所在。而怪異之聲不止如此，一條通往秋谷的捷徑，沿著山勢而行的街道上出現明神的侍女，以珠圓玉潤、響若洪鐘的嗓音唱道：「這是何處的小徑，何處的小徑。是天神的小徑，天神的小徑。請讓我通行，讓我通行……」女人歌聲曾經讓村中青年嘉吉發狂，而她吟唱的歌謠在進入秋谷村之後，又轉為村子裡孩子們的聲音。孩子們在傍晚逢魔時刻以怪異悚然的裝扮吟唱歌謠，使村民畏懼。聲音由村外到村內，隨著故事中怪異之聲的引領，讀者一路從三浦的大崩壞、街道、秋谷村，最後被帶往魂魔交錯的秋谷邸內，由人世被帶進了魔界迷宮之中。

而作品中以紛歧交錯的異聲／歌聲將讀者如螺旋般內捲至異界的手法，在敘事上也可顯出有所呼應。隨著小次郎法師的視點，茶屋老婆婆的敘事、其丈夫宰八的敘事、葉越明對亡母的思慕、惡魔秋谷惡左衛門的挫敗，最後收束於魔界幽魂菖蒲所吟唱的歌謠，敘事者從此岸之人到彼岸之魔，隨著敘事者的移轉，讀者一步步被引領踏入魔境，陷入光怪鬼魅的迷宮之中。

本作滿是錯綜複雜的怪事，聲音雜沓交錯的敘事，若要究明《草迷宮》中圍繞在葉越明身邊諸多鬼魅魍魎怪異事件等謎團，不妨一起傾聽手毬之歌，以歌聲為導引，一路踏入泉鏡花筆下如迷宮般的魔異世界，一窺究竟。

泉鏡花年表

一八七三年　十一月四日生於日本石川縣金澤市下新町，本名鏡太郎。父親清次為金工職人，母親鈴出生於江戶下谷，外祖父是葛野流擔任大鼓方的能樂師中田萬三郎。

一八八〇年　四月進入東馬場的市內養成小學就讀。母親常為他說草雙紙（有插圖之小說）上的故事，也常聽街坊女性講述傳說故事。

一八八三年　母親產後猝逝，對鏡花打擊極大。

一八八四年　隨父前往石川郡松任市參拜摩耶夫人，引發思念母親之情，此後終生信奉摩耶夫人。秋季進入金澤高等小學校，後轉學至北陸英和學校。

一八八七年　離開英和學校，原計畫升學，後因傷病改變志向，進入井波他次郎的私塾學習英語。

一八八九年　於友人住處首次閱讀尾崎紅葉的《二人比丘尼色懺悔》，深受吸引，從此志於文學，開始醉心於小說閱讀。

一八九〇年　十一月啟程前往東京，經敦賀搭乘火車上京，期待能見到崇敬的尾崎紅葉。起初未能順利親晤，在東京漂泊一年，輾轉搬遷住所。

一八九一年　十月，終於首度見到尾崎紅葉，成為其門生，並擔任尾崎家的門房及文書助理工作。

一八九二年　紅葉的小說《夏小袖》在春陽堂匿名出版，由鏡花負責協助抄寫全稿，以防身分洩露。十二月金澤大火，鏡花家族住宅被燒毀，一度返鄉，後再度上京。

一八九三年　五月，開始在《京都日出新聞》連載《冠彌左衛門》，但因反應不佳而被報社要求中止，尾崎紅葉為其爭取得以完結。同年發表《活人偶》（活人形）、《金鐘》（金時計）。

一八九四年　一月，父親去世。十月，經尾崎紅葉指點的小說《義血俠血》刊登於《讀賣新聞》。

一八九五年　因家計困難，以書籍編纂工作維生。四月，發表《夜行巡查》，並在《文藝俱樂部》刊載小說《外科室》。

一八九六年　創作《海城發電》、《琵琶傳》、《化銀杏》，迴響褒貶不一。五月，迎接祖母來東京同住。

一八九七年　在《新著月刊》發表小說《化鳥》。

一八九八年　在《新小說》發表《辰巳巷談》。
一八九九年　一月，與藝伎伊藤鈴相識。十二月，發表小說《湯島詣》，於春陽堂出版。
一九〇〇年　二月，在《新小說》發表《高野聖》。
一九〇一年　十一月，在《新小說》發表《袖屏風》。
一九〇二年　一月，在《新小說》發表《女仙前記》。
一九〇三年　三月，遷居至牛込神樂町。開始與伊藤鈴同居，引發紅葉嚴厲斥責。同年十月，恩師尾崎紅葉去世。
一九〇四年　三月，發表小說《紅雪錄》，四月，發表《續紅雪錄》。
一九〇五年　發表《銀短冊》、《瓔珞品》。
一九〇六年　祖母去世，同年七月，鏡花因健康問題遷居逗子，持續療養四年。
一九〇七年　一月，開始在《大和新聞》連載小說《婦系圖》。
一九一〇年　開始刊行《鏡花集》。
一九一二年　發表《印度更紗》。
一九一三年　開始致力於戲曲創作。發表戲劇《夜叉池》（夜叉ヶ池），十二月發表戲劇《海神別莊》。
一九一四年　小說《日本橋》於千章館出版。

一九一五年　出版《夕顏》、於春陽堂出版《鏡花選集》、《遊里集》。
一九一七年　於《新小說》發表《天守物語》。
一九一九年　於《婦人畫報》連載《由緣之女》（ゆかりの女）。
一九二〇年　開始對電影產生興趣，結識谷崎潤一郎、芥川龍之介。
一九二一年　發表《蜻蛉集》。
一九二三年　關東大地震，與鈴在公園度過兩天，安然無恙。
一九二五年　春陽堂開始刊行《鏡花全集》，由谷崎潤一郎、芥川龍之介、小山內薰、久保田萬太郎、里見淳、水上瀧太郎擔任編輯委員。同年，與相識二十七年的鈴正式成婚。
一九二七年　《鏡花全集》完成出版。七月，芥川之死令鏡花深受打擊。同年，與里見淳等人組「九九九」文學集會。
一九二八年　罹患肺炎，病癒後前往修善寺休養。
一九三一年　發表《貝殼的山洞裡有河童》（貝の穴に河童の居る事）。
一九三四年　發表小說《斧琴菊》。
一九三九年　七月病倒，九月七日下午去世，死因為肺癌。九月下葬於芝青松寺，法名為「幽幻院鏡花日彩居士」，葬於雜司谷靈園。

逝後

一九七三年　鏡花冥誕百年，金澤市主辦的泉鏡花文學獎正式成立。
一九九九年　泉鏡花紀念館開館。
二〇二四年　鏡花之墓遷至東京神樂坂的圓福寺。

幻話集004 **草迷宮**

作　者	泉鏡花（Ernest Miller Hemingway）
譯　者	高詹燦
封面繪圖	安品anpin
封面設計	馮議徹 張巧怡
排　版	陳瑜安
責任編輯	徐　凡
國際版權	吳玲緯 楊　靜
行　銷	闕志勳 吳宇軒 余一霞
業　務	李再星 李振東 陳美燕
總 編 輯	巫維珍
編輯總監	劉麗真
事業群總經理	謝至平
發 行 人	何飛鵬
出　版	麥田出版 地址：115020台北市南港區昆陽街16號4樓 電話：(02) 25007696　傳真：(02) 25001966
發　行	英屬蓋曼群島商家庭傳媒股份有限公司城邦分公司 地址：115020台北市南港區昆陽街16號8樓 網址：www.cite.com.tw 客服專線：(02)2500-7718｜2500-7719 24小時傳真專線：(02)-2500-1990｜2500-1991 服務時間：週一至週五09:30-12:00｜13:30-17:00 劃撥帳號：19863813　戶名：書虫股份有限公司 讀者服務信箱：service@readingclub.com.tw
香港發行所	城邦（香港）出版集團有限公司 地址：香港九龍土瓜灣土瓜灣道86號順聯工業大廈6樓A室 電話：+852-2508-6231　傳真：+852-2578-9337 電子信箱：hkcite@biznetvigator.com
馬新發行所	城邦（馬新）出版集團【Cite(M) Sdn. Bhd.（458372U）】 地址：41, Jalan Radin Anum, Bandar Baru Sri Petaling, 57000 Kuala Lumpur, Malaysia. 電話：+603-9056-3833　傳真：+603-9057-6622 電子信箱：services@cite.my
麥田部落格	http://ryefield.pixnet.net
印　刷	前進彩藝有限公司
初版一刷	2025年5月
定　價	450元
ISBN	978-626-310-856-1
電子書ISBN	978-626-310-857-8（EPUB）

國家圖書館出版品預行編目資料

草迷宮／泉鏡花（いずみ きょうか）著；高詹燦譯. -- 初版. -- 臺北市：麥田出版：英屬蓋曼群島商家庭傳媒股份有限公司城邦分公司發行, 2025.05
面；　公分. -- (幻話集; RGW004)
譯自：草迷宮
ISBN 978-626-310-856-1（平裝）

861.57　　　114002000

城邦讀書花園
www.cite.com.tw

Printed in Taiwan
本書若有缺頁、破損、裝訂錯誤，請寄回更換。